夜光人

〔日〕江户川乱步　著

叶荣鼎　译

山东画报出版社

译者序

　　红极一时的日本动漫《名侦探柯南》的作者漫画家青山刚昌，孩提时代曾是江户川乱步的超级追星族，他笔下的主人公江户川柯南的姓就取自日本推理文学鼻祖江户川乱步，名则取自英国的柯南·道尔。

　　日本作家历来都有用笔名的传统，江户川乱步本名平井太郎，早年就读于早稻田大学经济学专业，江户川就在早稻田大学旁边。巧合的是，"江户川"的日式英语发音"edogawa（爱多嘎娃）"，与"Edgar a-（埃德加·爱）"的发音极其相似；

"乱步"的日式英语发音"ranpo（兰波）"，与"llan Poe（伦·坡）"的发音又十分相近，故而决定以"江户川乱步"为笔名。从此，这个名字陪他度过了四十年推理文学创作生涯，也成为日本推理文学史上不可逾越的高峰。

1923年，乱步在《新青年》杂志上发表处女作《二钱铜币》，引发轰动。当时的编者按这样写道："我们经常这样说，《新青年》杂志上总有一天将刊登本国作者创作的侦探小说，并且远远高于欧美侦探小说的创作水平。今天，我们终于盼来了这一兴奋时刻。《二钱铜币》果然不负众望，博采外国作品之长，水平遥遥领先于外国名作。我们深信，广大读者看了这篇小说后一定会深以为然，拍案叫绝。作者是谁？是首位登上日本侦探文坛的江户川乱步。"

1925年，乱步发表小说《D坂杀人事件》，成功塑造了日本推理文学史上的第一位名侦探——明智小五郎。其后，他又陆续创作了《怪盗二十面相》《少年侦探团》等脍炙人口的作品，其中的"怪盗二十面相""少年侦探团"等角色已经突破了类型文学的束缚，成为世界文学史上的典型形象，先后多次被搬上各种舞台，改编成各种各样的影视、动漫作品。

第二次世界大战爆发后，江户川乱步因作品被禁止出版，投笔抗议，公开发表《作者的话》："我撰写的小说主要是把侦探、推理、探险、幻想和魔术结合在一起，让读者富有想象力和创造力。人类必须怀有伟大的梦想，经过不断的努力，才会创造出伟大的时代。没有梦想，没有幻想，就没有科学。历史已经证明，科学的进步多取决于天才的幻想和不懈努力。科学进步了，人民才会过上好日子。可是今天的战争，毁掉了科学，毁掉了人民的梦想，日本人民将会被一个不剩地当作炮灰，却还是避免不了失败的结局。"

1947年，日本侦探作家俱乐部成立，乱步被推举为主席。俱乐部在1963年改组为日本推理作家协会，至今仍是日本最权威的推理作家机构。1954年，乱步在六十大寿之际，个人出资100万日元，设立"江户川乱步奖"，用以激励年轻作家。在之后的半个多世纪里，以东野圭吾为代表的一大批优秀的日本推理文学作家通过这个奖项脱颖而出，他们的成绩也使得"江户川乱步奖"成为日本推理文坛最权威的大奖。

1961年，为表彰乱步在推理文学界的杰出贡献，日本政府为其颁发"紫绶褒勋章"（授予学术、艺术、运动领域中贡献卓著的人）。1965年，乱步突发脑出血去世，获赠正五位勋三等瑞宝章。为纪念乱步，名张市建有"江户川乱步纪念碑"与"江户川乱步纪念馆"，丰岛区设有"江户川乱步文学馆"，供日本与世界的爱好者与学者瞻仰和研究。

《江户川乱步全集》作为乱步作品之集大成者，先后出版了多个版本，加印数十次，总印数超过一亿册，迄今已有英、法、德、俄、中五大语种版本问世。衷心希望诸位读者能够通过这一版的中文译本，回望日本推理文学的滥觞，领略一代文学大家的风采。

是为序。

2021年元旦于上海虹桥东华美寓所

目　录

少年试胆

小林芳雄是明智大侦探的助手，也是少年侦探团的团长。

活跃在侦查线上的少年侦探团团员由小学五、六年级学生和初中一、二年级学生组成，共有二十多人。少年侦探们住的地方很分散，他们也在不同的学校上学。

因此，二十多人全部聚集在一起的机会并不多，而且由于上学时间的不同，参与侦查的团员也会有所不同。

大家都是学生，一旦外出侦查时间与上课时间冲突了，大家就只能放弃外出侦查的机会，再说放学回家后，还要完成老师布置的家庭作业。所以除星期六、星期日以外，大家平日里能参加侦查的机会并不多。

这些活动中最危险的是夜间侦查，因而往往得不到家长的支持。为此，小林尽量不安排夜间侦查活动，即便得到家长的首肯，夜间侦查活动最晚也不能超过八点。

但遗憾的是，多数案件往往发生在夜里，当他们必须夜间侦查的时候，不得不动用作为后备力量的流浪儿别动队。

流浪儿别动队的成员多数是曾经在大街小巷里拾荒的少年，所以参加夜间的侦查活动是他们的强项。当他们听说夜间侦查有一定的冒险性时，他们更是喜形于色，积极参加侦查活动。

他们逐渐成了少年侦探团里不可或缺的生力军，在以往的案件侦破过程中他们屡建奇功并获得了明智大侦探和警方的高度认可。

少年侦探团的团员们平时只要有空，或没有侦查任务的时候，经常三三两两地聚集在明智侦探事务所里，聆听明智先生的教诲。

诸如案件的观察方法，透过现象识别本质的推理方法，显微镜的取证方法，有关的化学实验方法，侦查时必需的医学知识等。

明智先生在讲解时，采取理论与实践相结合的方法，循序渐进，层层剖析，逐渐让少年侦探们掌握了正确的科学推理方法。

为了强壮体魄，明智大侦探教团员们学习柔道。

少年侦探井上在拳击方面，独领风骚。据说他的爸爸年轻时是国家级的拳击运动员。因此，有些少年侦探不仅学柔道，还与井上一起跟他的爸爸学习拳击。

与此同时，少年侦探团里还时常举行试胆会。

据说江户时代和明治时代的少年们热衷于举行试胆会，也就是说在伸手不见五指的黑夜里，让少年独自行走在阴森森的墓地里，以测试他的勇气和胆量。

试胆活动开始后，通常是先在墓地里的某个地方放上若干块木牌，被测试的少年必须找到那里并将木牌带回来。

古时候的少年深信世上有妖怪，尤其害怕半夜里独自在墓地里行走，所以举办试胆会最能锻炼少年们的胆量。

古时候也有喜欢搞恶作剧的调皮鬼，每逢举行试胆会，他们事先将白色手巾扎在额头上，躲在墓碑后面装神弄鬼，吓唬那些被测试的少年。

有一些少年参加试胆会的时候，总是腿脚发软。尽管如此，试胆会还是照常举行，它毕竟为古时候的少年练就胆量起到了一定的作用。

在少年侦探团的团员中，没有人相信世上有妖怪和鬼神。但是，当一个人独自行走在黑暗里时，难免还是会有一点提心吊胆。

为了训练少年侦探们的胆量，小林经常模仿古时候的试胆会，举行类似的壮胆活动。

今天晚上也有这样的活动，但只允许得到家长同意的七个少年侦探参加，活动地点定在与世田谷区不远的木下家的附近。

木下昌一也是少年侦探团的团员，其居住的别墅附近有一大片树林，最适合于试胆。这天傍晚时分，大家已经集合在木下的家里，摩拳擦掌，整装待发。

天终于黑了下来，大家整整齐齐地排好队伍，跟着小林向森林出发。

社会上近来有可怕的传闻，说这片森林一到半夜，森林里的磷火就会自燃，到处都有磷火燃烧的火光。

因叫法不同，也有人把磷火称作火球。

圆圆的火球酷似拖着小尾巴的蝌蚪在空中漫天飞舞，有红色小火球，也有蓝色小火球。

古人说，这种火球是死人的灵魂在空中游荡。有人信以为真了，一提起它就会心惊肉跳、魂不守舍，甚至一见到它就会抱头鼠窜。

可现在，没有人再相信古代人的这种说法了。

有人认为，火球是磷在燃烧；也有人认为，是许多小虫子聚集在一块，正巧遇上不知从哪里射来的光，于是变成了火球；还有人认为，天上的流星没有燃烧完最后变成了火球。除上述观点外，有人把其它一些自然现象也误认为是火球。

总之，众说纷纭，莫衷一是。

不过，大部分人一听说森林里有磷火出现，都觉得不是一个好征兆，大家的好心情也都被影响了。

就连从来都不信磷火的少年侦探们，一听到这种传闻，也会莫明其妙地跟着胆战心惊起来。

为此，小林故意选择了这片有恐怖传闻的森林，他认为越有那样的传闻，越有利于少年侦探团举办试胆会。

六个少年侦探在小林的带领下，向着森林的入口前进。

这一带没有住宅，晚上八点过后，四周黑乎乎的。天上被厚厚的云层笼罩着，星星被迫躲了在云层的后面，月亮也没有露出脸来。

森林里大树林立，枝繁叶茂。远远望去，黑压压的一大片，一眼望不到边。

"大家都知道，森林里距离这里不远的地方有一块很平坦的大石板，我白天到过那里并在大石板下面放了七块木牌。按照顺序，大家一个一个地进入森林，到大石板那里取一块木牌返回。大家听清楚了吗？"

小林拉开嗓门，向大家说明了今天晚上试胆活动的规则。

"明白了，我第一个去！"

拳击高手井上一郎迫不及待地抢先举起了右手，要求第一个试胆。

"好！还是数你最有勇气，第一个成功回来的，一定是井上。不过，你还是要小心火球，千万别碰着他！"

小林借此吓唬一下井上。

"木下，火球出现在森林里的哪个地方？"

有一个少年侦探吓得脸色苍白，紧张地上前问道。

"据我家附近的蔬菜屋店主说，这片森林的正中央有一棵大柯树，树下飘浮着蓝色的火球，还不停地向上飘，犹如猴子爬树似的，速度很快。"

"那火球有多大？"

"听说直径有二十厘米左右，还拖着酷似蝌蚪形状的尾巴，不停地左右摇摆。"

"呀！太可怕了！那火球万一飞到我们身边，不就大祸临头了。"

"别吓唬人！我可没有你那么胆小，我现在就去领教领教它的厉害，说不定我还要让它尝尝拳头的滋味。"

井上大声说道，言语中夹杂着训斥的语气。

"好，我这就出发，你们等着我凯旋吧。"

说完，他大踏步地向森林深处走去，很快消失了。

荧光脑袋

　　井上一郎独自行走在漆黑的森林里，周围是一望无际的参天大树。

　　他一边走一边用手触摸着树干，周围没有风声陪伴，也没有树叶哗哗作响的声音。远离城市喧嚣的森林里，显得格外静谧，井上怀疑起自己的耳朵来，是否突然间丧失了听力。

　　放有木牌的大石板已经清晰可见，距离大石板还有一百米左右，他小心翼翼地摸黑前进，好不容易走完了"漫长"的一百米路程。这一段路尽是盘根错节的树根，地面上坑坑洼洼的，稍不留神就有可能被绊倒。

突然，森林深处飘过来很多光球。

"咦，大概是月亮从云层里钻出来了！"

森林里，由于枝叶的遮挡，一般是看不见月亮的，可井上确实看见了光球。这到底是什么？

突然，井上想起社会上传闻的火球。如果真是火球，也就是磷火，那没什么可怕的。他打算走到光球跟前看个究竟，便借助光球的亮光向那里靠近。

他刚走了五六步，突然站住不走了。因为那银色的光球不是火球，而是……他一时也说不上来。

井上曾听人说过，火球的形状像蝌蚪，拖有细长的尾巴。可对面出现的银色光球，不仅没有尾巴，也不摇摆，只是在空中静静地飘着，而且正在向自己飘来。

井上吓了一跳，欲转身逃跑。他清楚地看到，光球中间有一对闪烁着红光的眼睛。眼睛大而圆，仿佛两团正在燃烧的火。

眼睛下边是嘴巴，向上向下张开。嘴里也是通红通红的，犹如一团烈火，两边的嘴角一直延伸到耳边。

这家伙哪里是什么火球，分明是会发光的脑袋，是妖怪！

长着红色眼睛和红色嘴巴的脑袋，轻飘飘地浮在空中。忽然，天空传来怪怪的声音，径直飞入了井上的耳朵里。

"啊……"

没想到一向以胆大著称的井上，大声狂叫起来，撒开双腿沿着来的路线飞奔起来。他心里只有一个念头，那就是只要回到同伴那里就不会有危险了。此时此刻，他似乎觉得拳击是敌不过妖怪的。

在入口处等候井上返回的少年侦探们，听到树林里传来的喊叫声，都不免焦急起来。井上一定出事了。

正在这个时候，井上踉踉跄跄地跑回来了。由于是夜里，黑暗中突然窜出一个黑影，吓得大家拔腿就跑。

"怎么了？是井上吧，出什么事了？"

小林关切地问道。

"有妖怪，妖怪向我扑来，吓死我了。"

井上说话时，不断地喘着粗气。

可少年侦探们根本不信有妖怪。

"你是说妖怪？这不可能，一定是你看花了眼！"

野田大声喊道。

野田正在跟明智先生练习柔道，向来就不知道什么叫"怕"字。

"我怎么会花眼，我也不是胆小鬼，可我确实看到妖怪了！那妖怪是一个会发光的脑袋，在空中滚动着向我扑来。它的眼睛里还射出红色的火光，嘴里似乎在喷着火。整个脑袋……压根儿就不是什么磷火之类的火球，再说火球是不可能有鼻子和眼睛的。"

井上见大家没有把他的话当真，开始急躁起来。

"那好，我们一起去核实一下，弄清楚那个脑袋的真相。"

小林非常果断地说道。

"对，我们一起去打妖怪！"

大家异口同声，赞同小林的建议。除井上外，六个少年没有一个是闻妖而逃的胆小鬼。

"好，出发！"

小林下达了命令并勇敢地走在头里，带领大家向森林里走去。

夜光怪人

　　少年侦探们跟着小林来到森林里并四处张望，可看到的只有墨汁般的黑暗，没有可疑的脑袋。他们走了大约三十米，还是连那个脑袋的边也没有看着。

　　"井上，什么也没有啊！你一定看花了眼。"

　　野田轻声地说道。

　　"奇怪！刚才这一带确实有个荧光脑袋在飘呀！"

　　井上轻声地答道。他瞪大眼睛在一望无际的黑夜里搜索着。

就在这个时候，不知从哪里传来奇怪的声音，好像是什么东西相互间摩擦的声音，声音很轻很轻。大家竖起耳朵仔细辨别，又不像是摩擦的声音，好像是人的笑声。

可能是七个少年中间有人在笑吧！

"喂，是谁在笑？"

小林嗓音很低，但语气很严厉。

没有人回答。夜色沉沉，相互间连对方是谁也看不清楚，只有根据说话声进行辨别。可片刻后，大家觉得声音不是来自同伴的。

突然，笑声变得越来越响，而且是嘲笑声！最后，变成了狂笑声。

"哈哈哈……哈哈哈……"

恶魔般的笑声，震惊着整个树林。

七个少年情不自禁地抱成一团，全身不由自主地颤抖起来。黑暗里，突然响起可怕而又奇怪的笑声，确实让人害怕。

"啊！出来了！"

井上惊叫起来，大家瞪大着眼睛四处搜寻笑声的来源。

在前方较远的树林里，飘出一个荧光脑袋。七个少年互相抱得更紧了，两眼直愣愣地注视着那个荧光脑袋。

脑袋忽然直线向上飞，转眼间又慢悠悠地飘了起来并向少年侦探们飘来。

井上没有说错，圆圆的脸庞，红红的眼睛，还有血盆大嘴，太可怕了！

"谁都不准逃跑，这世上不可能有妖怪，肯定是什么人在装神弄鬼吓唬我们。大家一定要齐心协力抓住那个坏蛋。"

小林压低着嗓门为大家打气。

"对，别放过这家伙！"

野田精神抖擞，第一个响应，但声音很轻。

于是七个少年手拉着手，向着荧光脑袋勇敢地迎了上去。

奇怪！也许是浮现在空中的脑袋察觉到了少年侦探们的意图，它开始快速地后撤。

当七个少年发现对方在撤退时，他们感觉越来越有信心了。

　　他们的步伐越来越快，似乎奔跑了起来，勇敢地追赶荧光脑袋。

　　少年侦探们在黑乎乎的树林里奔跑，迅速向目标靠近。

　　这个脑袋一边慢悠悠地飘浮，一边向树林的纵深后退。它时快时慢，似乎在戏弄徒步追赶的少年侦探们。

　　忽然，那脑袋在空中停住了，火红的眼睛怒视着少年侦探们。七个少年也停下脚步，屏住呼吸，与那个家伙怒目而视。

　　在僵持的大约二十秒钟的时间里，少年侦探们被那个脑袋照得头晕目眩，眼花缭乱。

　　突然，脑袋上的光芒开始从脑袋向下延伸。瞧！脑袋下边还连着躯体呢，就连躯体也是荧光闪烁，这肯定是夜光人！

　　夜光人全身一丝不挂，站立的姿势酷似一个"大"字。整个身体处处闪烁着耀眼的光芒。

　　夜光人！肯定是夜光人！夜光人的全身究竟是

怎么变成发光体的？此外，还有火一般的红眼睛和喷着火焰的血盆大嘴。像这样的怪物曾在地球上出现过吗？

少年侦探们不禁浮想联翩，由于过度紧张，他们的身体不由得摇晃起来，仿佛在睡梦中夜游。

"啊哈哈哈……啊哈哈哈……"

夜光人张开血盆大嘴狂笑起来，笑声在树林上空回响。

夜光人一边笑一边离开地面，向空中飞去，速度缓缓地加快。夜光人掌握了在太空翱翔的飞行技术？

天空中飘着一个发光的身体，而且还在上升，远看就像是一道美丽的夜景。这个夜景虽美却充满了恐怖，使人不寒而栗。

七个少年屏住呼吸，目不转睛地看着如奇迹般的夜光人。

飘浮的脑袋

在世田谷区木下昌一家附近的树林里，少年侦探们发现了夜光人，并且手拉着手追赶夜光人，还与夜光人对峙。打那以后的两三天里，夜光人没有再次出现。

那天晚上，夜光人一边狂笑一边向天上飞去，随后向远处飘去，转眼间便消失在夜空里。

当时，七个少年吓得纷纷逃回家中，一踏进家门，便向爸爸描述了自己在树林里见到的一幕。

"怎么会有那样的怪事，你们看到的肯定是闪烁的磷火，并由此产生了奇怪的联想。"

爸爸们根本不信孩子们说的话。其实，家长们的否定也不无道理，像这样的夜光人，这世上是不可能存在的。

可这一切不是梦幻，更不是联想，确确实实是七个可爱的少年亲眼看到的，而东京市里确实存在这个恐怖的家伙、可怕的怪物。

三天后的一个傍晚，这个夜光人突然出现在千代田区某住宅街的中央地带。

这天夜里十一点过后，担任火警值班的老爷爷在寂静的住宅街上，一边巡逻一边敲打着梆子。

"请大家关好电源和煤气的开关，小心火事！"

老爷爷的腰上垂挂着的小灯笼，不时地摇晃着，犹如狂风中的烛光，眼看就要熄灭。

街道两侧是一长溜的围墙，由于路灯损坏后没有及时修理，一路上没有一丝光线，即便对面有人走来也看不见。

街道左侧是混凝土围墙，街道右侧是涂有黑漆的木板围墙，以致本来就没有灯光的街道显得更加静谧。

当老爷爷经过木板围墙的时候，发现有一段围墙在左右摇晃。

担当火警值班员的老爷爷见状，不由得停住了脚步。

"那是什么呀？大概是围墙门没有关紧的缘故吧，倘若真是这样，那这家主人太大意了，所有的门窗理应在睡觉之前关闭才是呀！"

老爷爷一边思索，一边向那里靠近。由于灯笼里射出的光线非常微弱，老爷爷看不清楚围墙的摆动究竟是怎么回事。

突然，他的手触摸到一个柔软的东西，一个令人毛骨悚然的东西。他惊慌地连连后退，解下系在腰上的小灯笼照亮前方，打算看看这到底是什么东西。忽然"啪"的一声，小灯笼掉在了地上，火熄灭了。

他觉得眼前似乎站着一个人，伸过手来打落了他手中的灯笼，刚才他触摸到的柔软物，多半是那个家伙的某个部分！

"是谁？谁站在那里？"

老爷爷大声喊道，为自己壮胆。

对方没有说话。

由于这家伙全身乌黑，又把身体贴在黑色围墙上，更是无法看清他的真实面目。

老爷爷心想，怪物也许像蜘蛛一样快速地逃走了，或许还站在原地。他一时也难以确认对方究竟是人还是动物，不免提心吊胆起来。

就在这个时候，黑暗中传来奸笑声，声音似乎就在鼻子跟前。

老爷爷全身打了一个寒颤，两眼直愣愣地看着前方。忽然，黑色围墙的上方出现了一张脸。

脸上发着光，那双眼睛比常人的要大三倍，还闪烁着红光。脖子以下的部分根本看不见，唯独那张发光的脸浮现在空中。

老爷爷由于极度恐慌，"啊"地惊叫一声，腿酥脚软，一屁股坐在了地上。

也许是他的喊声吓跑了怪物，那张脸瞬间消失了。

老爷爷终于从地上爬了起来，摇摇晃晃地逃跑，他害怕极了，哪怕多一秒钟也不愿待在这里。

可刚走了不到两米的路程，又响起一阵刺耳的奸笑声，这一回不是在鼻子跟前，而是在耳朵边上。老爷爷侧过脸望去，木板围墙上又出现了火红的眼睛。

突然，老爷爷的两只脚仿佛被强力胶粘在地上似的，怎么也迈不开脚步，全身也不停地颤抖。他挣扎了好久，终于能抬起脚步了。他想甩开步子逃跑，可又担心妖怪尾随，令他更担心的是，说不定他会被妖怪的獠牙一口咬住。

这个时候，没有身体的脑袋向着木板围墙顶端爬了起来，速度惊人，如同猴子爬树。顷刻间，那个脑袋已经稳稳地骑在围墙的墙头上了。火红的眼睛瞟着老爷爷，火红的嘴巴一张一闭，"嘿嘿嘿"地笑个不停。

"啊！"

老爷爷再也忍不住了，大叫起来并拼命地狂奔起来。此刻，他的心里只有一个念头，千万别让那颗长着火红眼睛的脑袋追上。

终于，木板围墙被他甩到了屁股后头，眼前

明亮起来，原来转角的前面有一盏亮着的路灯。

老爷爷快速转过弯，路灯虽有，可光线微弱，灯光下有人在快速地行走着。

"太好了，是警察！"

身着警服的警察正沿着人行道在夜间巡逻，老爷爷喜不自禁，飞快地跑上去。

"警察先生，我看见那边的黑色木板围墙上，有一个没有身体并且会发光的脑袋……"

老爷爷急得口吃起来，手指着转弯的地方。

"什么？你是说有荧光脑袋？"

警察吃惊地问道。他听了老爷爷说的话，觉得十分稀奇。

老爷爷打量了一番警察的模样，顿时疑惑起来，因为警察的帽檐下垂着一块黑布，遮着整张脸。

老爷爷不可思议地紧盯着那张脸，看着看着，觉得不太对劲。

"咦！这张脸怎么跟那个脑袋这么像？眼睛又红又大，嘴里也像喷着火一样，刚才一直骑在围墙上的，说不定就是这个家伙！"

老爷爷暗自思忖。

"嘿嘿嘿……"

警察的嘴里发出古怪的笑声。

"嘿嘿嘿……老爷爷怎么怕成这般模样了。"

说完，他摘下大檐帽让老爷爷看个够。

"啊！"

老爷爷又是一声惊叫，声音犹如悲鸣的号角，随即又一屁股坐在了地上。

老爷爷遇见警察喜出望外，原指望能帮他一把。虽说不一定能抓住那个怪物，但至少能得到一点安慰。但出乎意料的是，这个警察竟是夜光人所扮。

此刻，那对火红的眼睛注视着老爷爷，还有那酷似火在燃烧的嘴巴张得很大很大，还不停地发出令人恶心的奸笑声。

面对不断袭来的恐惧，步履蹒跚的老爷爷终于支持不住了，倒在地上昏死过去。等到他苏醒的时候，已经是半个小时以后。那个装扮成警察的夜光人，早已不知去向。老爷爷东张西望了好一会儿，那个假警察再也没有映入老人的眼帘。

墓地闹鬼

两天后的一个深夜，东京市里又出现了夜光人，地点是白金町妙庆寺后面的墓地里，时间仍然是夜里十一点钟。妙庆寺里的一个和尚，夜里起床上厕所。他睁开惺忪的眼睛漫不经心地看着窗外，突然发现墓碑林立的墓地里荧光闪烁。莫非是盗墓贼？他便赶紧唤醒看门老人，吩咐他去墓地巡逻。

老人拿着手电筒向墓地走去。

大墓碑、小墓碑以及各种形状的墓碑之间，有一条狭窄的通道。

老人在墓地里走着，渐渐向墓地中央走去。就在这个时候，墓碑后面跳出一个黑影，一把夺走了他手里的手电筒。

灯光消失了，他只能一边摸索一边行走。老人没有看清楚抢夺手电筒的人是谁，遂一边走路一边摆开迎战的架势，以防备对方的突然袭击。

这个时候，怪事发生了。

前面的墓碑上出现了一个荧光脑袋，那张发光的脸正看着自己。

那家伙的眼睛里红光闪烁，紧盯着老人。

他的嘴巴突然张开了。

怎么有这样的嘴巴，嘴里是火红火红的颜色，似乎在燃烧。

紧接着，嘴里传出让人不寒而栗的笑声，同时那个脑袋稳稳地骑在墓碑上，直愣愣地看着老爷爷。

这世上是不可能有妖怪的，太不可思议了！

老人全身颤抖起来，他使劲让自己镇定下来，可身体僵硬得像一座石雕，怎么也动弹不了。

"怎么回事？是不是我产生的幻觉？"

忽然，隔着两米距离的另一块墓碑上也出现了相同的脑袋，也正在张开红红的大嘴并大声地狂笑着。

一会儿后，脑袋又不见了。

猛然间，不同方向的墓碑上也出现了荧光脑袋，也是红红的嘴巴，一张一闭的。

怪物时而消失时而出现，不停地出现在周围的墓碑上。

老人一会儿看这边，一会儿看那边，眼睛跟着到处出现的脑袋转来转去。

末了，周围墓碑上出现的不是一个荧光脑袋，而是几十个脑袋。几十双眼睛同时看向老人，嘴巴一张一闭，异口同声地发出奸笑声。

突然有一个家伙悄悄地来到老人的后面，抓住老人的两只手腕。

老人大吃一惊，转过身去，原来身后站着的是身穿白色服装的家伙。

"啊，常念。"

"嗯，是我呀！

年轻的和尚叫常念，是妙庆寺老和尚的弟子。瞧他那身装束好像刚起床，身着白色的棉布睡衣，腰上系有一根腰带。

"是不是有人在搞恶作剧？那家伙身穿黑色衣裤，我们也只能看见脑袋部分。你害怕吗？怎么样？咱俩齐心协力，从左右包围上去，把那家伙抓住！"

年轻和尚天不怕地不怕，摩拳擦掌，跃跃欲试。被他这么一说，老人年轻时候的勇气也鼓了起来。

"好，别看我上了年纪，我年轻时可学过柔道的。像那个只会东躲西藏的妖怪，要是面对面地跟我比试，根本就不是我的对手。"

"好，让那家伙尝尝咱俩的厉害，你从那边绕过去，我从这边绕过去，把他围在中间活捉他。

"好！上！"

于是他们从两侧向驮着脑袋的墓碑发起了冲锋。

怪物还在不停地笑着，根本就没把他们放在眼里。

可一老一少从两侧包抄上来的速度很快，怪物见无法脱身，便拉开架势迎战，于是一场短兵相接的恶战开始了。

　　原来，怪物是有身体的，只不过胳膊和腿都被隐藏了。由于夜光人全身除荧光脑袋外，其余的部分都是黑色装束。故而在黑夜里只能看到脑袋，而无法看见与黑夜颜色一样的身体。怪物上身穿的是紧身黑衬衫，下身穿的是黑长裤，手上戴的是黑手套，脚上穿的是黑袜子。

　　无论怪物有多大的能耐，最终还是敌不过一个学过柔道的老人和一个年轻力壮的对手。几个回合下来，怪物已经招架不住。

　　可怪物没有举手投降，而是垂死挣扎，拼命挣脱。怪物与一老一少扭成一团，在地上滚来滚去。

　　渐渐地，怪物身上发出一阵响声，胸前的衬衫破了，露出了身体上的肌肤。让他们没想到的是，怪物不仅脑袋能发光，就连身体也在发着光。

　　老人与常念愣住了，手上的动作变得缓慢起来。

趁此机会，怪物猛地推掉压在自己身上的老人与常念，奋力站起来拔腿就逃。

墓地后面是一片树林，中间有一颗高大而又挺拔的杉树。杉树脚下站着全身布满荧光的家伙，刚才身上的黑色服装已经脱得一干二净。这家伙瞪大两只火红的眼睛，张开仿佛喷火的嘴巴在那里笑着。

怪物从头到脚都在发光，实在令人恐惧。他们不由得止住脚步，再也不敢向前挪动一步。

这家伙到底是什么东西？是人还是动物？总不会是来自其他星球的外星人吧？

一会儿后，更古怪的事发生了。

只见怪物向着天空方向升起，不是沿着杉树树干向上攀登，而是沿着枝叶表面往上飞了起来。这个举动越看越不像地球人的行为，莫非真是来自外星球的怪物？

怪物一溜烟地爬到杉树树梢上，随后就不见了。

一老一少守在树下不远的地方，紧紧地盯着树梢。半个小时过去了，仍不见怪物再次出现，于是他们返回老和尚的房间，向他详细汇报了所看到的一切。老和尚一听便着急起来，立即拨通了110报警电话。

转眼间，一辆白色的警车赶到了现场。车顶上的小型探照灯照向墓地和杉树，警察们对那一带展开了搜索，可并没找到有价值的线索。

如此看来，怪物也许爬到树梢后消失在了空中，继而返回了其所在的那个星球。

就这样，夜光人先后三次出现在东京的不同场所。由于第三次是警方赶到现场，从而惊动了各大新闻媒体。东京的各大报纸，就连地方报纸也纷纷报道了这一重大新闻。夜光人光顾东京市的消息不胫而走，变成了家喻户晓的怪物。

习惯于看流血事件和犯罪报道的读者，也被夜光人这一消息惊得目瞪口呆。东京市里的人更是惶惶不可终日，担心这个可怕的夜光人会出现在自家的周围。

当时，社会上正在流传出现飞碟的小道消息，闹得整个东京沸沸扬扬的。没想到现在又出现了夜光人新闻，这更让人们感到忐忑不安。一些市民疑神疑鬼，一到晚上六七点就关门闭窗。大部分市民深信，夜光人多半是来自外星球的怪物。

荧光名片

　　夜光人、夜光怪物的传说，很快成了整个日本的热点话题。不仅东京和大阪的各大报社热衷于报道，就连全国的农村小报也不甘示弱，纷纷刊登了这一报道。

　　脸、身上闪烁着荧光；眼睛比普通人大三倍且红光闪闪；嘴巴像正在燃烧的炉膛，似乎在往外喷火。

　　唯独脖子上的脑袋在空中飘浮，还经常露出发光的身体。夜光人不时地在东京的街头巷尾装神弄鬼，搅得人们整天战战兢兢，坐立不安。

有好几次眼看夜光人就要被抓的时候，他忽然一溜烟地爬到高高的树梢上，瞬间消失的无影无踪，于是大家觉得夜光人很有可能来自外星球。但是，其真实面目究竟是什么样，则无人知晓。

一天晚上，明智侦探事务所的会客室里，少女助手真由美小姐和少年助手小林正在谈论着夜光怪人到处出现的话题。当时，明智大侦探赴新泻县侦查一件大案去了，事务所里只有两个助手值班。

晚上七点左右，桌子上的电话传出一阵刺耳的铃声，小林拿起话筒放在耳边。

"是明智侦探事务所吗？明智先生在吗？"

电话里传来一个男子的声音。

"先生到外地出差去了，请问有何贵干？"

"我家住世田谷区，叫杉本。我们听说，夜光人今天晚上要到我家来折腾，我急得犹如热锅上的蚂蚁，不知如何是好。无奈，我只得打电话向贵所求救，原本打算邀请明智先生出马的，可是……"

"什么？你是说夜光人吗？"

小林突然大声嚷道。坐在一旁的真由美小姐吓了一跳，赶紧起身走到电话机旁边。

"是的。虽说警方答应上我家来保护我们，但我觉得明智先生最好能一块来。一个叫花崎的检察官，他跟我详细地介绍过明智先生。像我在电话里对你说的这件大事，按照花崎的观点，不借助明智先生的力量是对付不了夜光人的。"

"那太遗憾了，先生这两三天里是不会回事务所的，如果由我代替先生拜访贵府，不知是否能得到您的许可？"

"你是哪一位？我总觉得您说话的声音不像大人。"

"我吗？我是明智先生的少年助手，叫小林芳雄。"

"噢，你就是那个有名的少年侦探小林吗？有关你的事迹，花崎检察官也向我说了许多。在东京市里，你可称得上是一个家喻户晓的侦探高手啊，欢迎你光临寒舍。在明智先生没有回到东京之前，我家里宝物的保护工作，就全指望你了。"

"什么？你是说保护你家的宝物？"

"是的。那些宝物可是我们家的命根子，没想到夜光人竟然对它们虎视眈眈，也不知道夜光人是从哪里打听到我家有宝物的。"

杉本说完，又详细介绍了上他家的路线，随后挂断了电话。

小林望了一眼站在身边的真由美小姐。

"我现在可以去吗？"

"嗯，当然可以，快去快回吧，最好是驾车去。所里有我在，你就放心吧，请一路多加小心！"

真由美小姐把手搭在小林的肩膀上说道。话语里充满了鼓励和关爱的口吻。

小林驾车到达世田谷区杉本家的时候，已经是晚上八点钟了。杉本别墅的外观真是漂亮极了！水泥混凝土围墙，大理石铺设的门框，蔓草花纹图案的大铁门。

一走进大门便是绿色的草地，再前面是欧洲风格的别墅。

小林后来才明白，杉本先生是一位非同寻常的人物。他身兼好几家大公司的重要职务，人称大实业家。他的年龄并不大，刚四十出头，可在东京市的商界和金融界里无人不知。

按过门铃后，保姆推开大门，并带着小林来到豪华的会客室里用茶。

"好，好，欢迎光临，先请坐下！"

杉本先生身着做工精致的西服，一坐到椅子上，随即从口袋里掏出笔记本，取出夹在笔记本里的名片，递到小林的手上。

"今天中午过后，有一个男子手持这张名片来到我家，年龄三十多岁，身穿黑色西装，脸上的肤色到底是什么颜色，我也说不上来。

"记得他的脸上好像涂满了淡黄色的粉末，阴沉沉的表情。他走到房间里还依然戴着白色的皮手套，一直到离开时也没有摘下。

"名片上印有北森七郎四个字。这家伙完全是一张陌生脸，我从来没有见过他。倘若在平日里，像这样的男子我是不会同意他进屋的。只因我的一个朋友在电话里关照，要我无论如何在家里接待一下。事实上，我也是出于无奈。

"这个叫北森的男子说了一大堆无聊的话，我问他来我家有何贵干，他的脸上露出了令人不解的笑容。最后，他说了一句不着边际的话，头也不回地走了。

"他那句莫名其妙的话是什么来着？噢，对了！我想起来了，是'今天晚上十点钟这个时间，希望你无论如何不要忘记'。

"我思索了好半天，还是不明白那句话的真正含意，便拨通了介绍北森上我家的那个朋友的住宅电话。谁知我那个朋友说，他根本就不知道有这么一回事，也不曾打过电话，更不会介绍北森来我家的。

"我越发感到奇怪，便取出名片打算查查上面的住所。然而，更奇怪的事情发生了，名片上印刷的字体，突然消失了。他给我的名片，转眼间变成了一张空纸片。

"我记得接过那张名片的时候，我低头看了一下就顺手装入口袋里了。我是不会弄错的，更不会张冠李戴。通常，纸上印刷的字随着过去的时间而消失，应该说是一种'魔法油墨'的作用。

"像这张名片，说不定在印刷时就已经采用了这种油墨。根据这种可能性，我从各个角度分析了这张名片，看完以后我察觉这张名片确实与众不同。

"这张名片略带黄色，正面印有难以辨别的图案。乍一看，不太可能引起人们的注意，而且不从侧面看过去，很难看清楚是怎么回事。这是一种似有非有的模糊图案，瞧……"

杉本先生说完，把名片平放在手上并移到小林眼前，被杉本先生这么一说，小林也觉得名片上好像有朦胧图案。

"到了晚上，当我在暗处看这张名片时，可把我吓得不轻。名片上出现了荧光，那光线非常刺眼。模模糊糊的黄颜色字体，似乎一到黑暗的地方就会发光发亮，而且字体会越来越清楚。你过来，我把它放到暗的地方让你看。"

杉本先生把名片拿到桌子底下让小林看。

小林把头伸到桌子底下，看着那张纸，名片上出现了荧光字体，密密麻麻的。小林研究了片刻后查清楚了，这原来是一封信。

　　杉本先生台鉴：

　　　　今天晚上，我登门拜取您家珍藏的宝物。希望您提高警惕，加倍防范。不过，无论您的戒备如何森严，最终也是保不住您所心爱的宝物。它将跟我一起离开贵府，远走高飞。

　　　　　　　　　　　　　夜光人　叩上

　　"啊！照这么说，中午过后上您家的大概就是这个夜光人吧？"

　　小林想到这里，不由得拉大嗓门。

　　"可那个叫北森的男子，从外表上看是一个普通人，脸上并没有什么光呀，但是……"

　　杉本先生说道。

　　"大白天光线很亮，也许脸上发不出什么光来。就说这张名片吧，在光天化日下不也是这样吗？刚才你好像说，那个北森的男子脸色好像略带点黄。

再看这张名片，在大白天的光线下，不也是有点黄黄的吗？"

小林提醒道。

"噢！你说的有道理。由此看来，如果在暗处，那家伙脸上的荧光就会显现，被你这么一说，我明白了。那人很有可能就是夜光人！一说起他的脸色，我的心里有股说不出的滋味。"

杉本先生说完，用带着乞求的目光看着小林，满脸忧伤，神情颓然，似乎眼前的小林就是那个可怕的夜光人。

脑袋升空

"那您家的宝物放在什么地方？"

小林脱口而出。

"一直放在我的书房里，我从来就没有想过，一定要把它放在保险柜里。我现在跟你说着说着，心里就有点忐忑不安起来。好，我去看一下，最好你也一起去。"

杉本先生说完，急急忙忙地站起身来。

书房与会客室之间隔着一个房间，装饰和摆设都非常豪华。左侧墙边是一长排落地书橱，放着各种各样的书籍，有日文版的，也有英文、法文、中文等版的。

杉本先生是多家公司的重要高管，似乎不需要天天去公司上班。每个星期还有许多看书的空闲时间。如果杉本先生不喜欢书，也不可能买这么多书。

面向书橱的右侧墙上，排列着好几座落地玻璃橱，橱子里面陈列着各种各样的工艺品、文物和珠宝。

杉本先生拉开其中一个落地玻璃橱的门，小心翼翼地取出高度十五厘米的纯黑金属佛像，放在书房中央的桌子上。

"这就是我最喜欢的宝物，也就是国家所说的文物。这尊观音菩萨是距今一千四五百年前制作的。虽说是铜制的，可表面还残留着金的痕迹。你瞧，这一边残留着金的痕迹最明显。它刚被制作出来的时候是镀金的，经过漫长的岁月，表层的金已经基本脱落。

"像这么小巧而精致的古董，在文物中也是数一数二的。佛像过去这么多年，表面还是没有任何伤痕，所以被指定为重要文物，现在其价值高达几千万日元。不用说，夜光人把盗窃目标瞄准的就是我的这个宝物！"

小林也被古代工匠精湛的制作工艺深深地吸引住了，他注视着佛像仔细端详了好一会儿。忽然，他望了一眼手表。

"啊呀！已经是晚上九点了，距离十点钟仅剩下一个小时了，把这样贵重的宝物放在玻璃厨里，不要紧吗？"

小林焦急地问道。

"我也不知道到底放在哪儿好。不过，我已经尽最大努力了，你瞧院子里布置的保护措施。"

杉本先生起身拉开窗帘，卸下窗上的插销，打开窗户并向小林招招手。

小林走到窗前，把脑袋探出窗外看了一下漆黑的院子。

院子里大树林立，到处是亮着的灯。偌大的院子里仅用这样的灯照明是远远不够的，光线照射不到的地方还有许多。

小林打量了一会儿，发现昏暗的树林里好像有黑影时隐时现。他仔细观察了片刻，好像是人影，再仔细一看，是一个身着西装的男子。

"他是警视厅派来布控的刑侦警察，一共有四个人。有的在院内，有的在别墅里的走廊上，特别是书房周围，我要求警方重点把守。我想，假如真有可疑的人靠近书房，是不可能逃过他们的视线的。

杉本先生说完关上了窗户，重新上好插销，再拉上窗帘。

"这种窗户玻璃很厚，中间嵌有铁丝网，即便打碎了玻璃，人也钻不进来。虽说房间里有四个窗户，看上去不太安全，但每个窗户都上有插销，连房门内侧也上了插销。可以说，书房固若金汤，胜过保险柜！

"再者，还有你我两双眼睛看护着这尊佛像，如此无懈可击的防守和警戒，对手的作案手段就是再高明，也休想得到宝物。"

杉本先生说着说着，嘴角露出了一丝苦笑。

接着，他们坐在放有佛像的桌子两侧，瞪大眼睛看着佛像。或许过于紧张，他们似乎都觉得只要稍不留神，佛像就会从他们眼前不翼而飞。

他们的视线一刻也不离开佛像。

不知不觉中，九点半到了。

九点四十分，九点五十，九点五十六分……距离预定的时间，越来越近。

杉本先生和小林的脸上，神情严肃，连呼吸声音也清晰可辨并且越来越急促。小林手表的时针、分针、秒针都指向了九点五十九分，距离夜光人说的盗窃时间，已经只差短短的一分钟了！

此时此刻，小林的额头上渗出了亮晶晶的汗珠，顺着脸颊滴答滴答地掉在地上。

五秒，十钞……秒针转动的声音越来越响，直往耳朵里灌。

就在这个时候，窗外传来轻微的响声，小林不由得把脸扭向窗户，忽然，小林顿感脑袋"嗡"的一声，全身的血液全涌上了脑袋，连眼珠子也转不动了。

杉本先生也相同模样，满脸受惊的表情，两眼紧盯着窗户。

窗户上，到底发生什么了？

原来，窗帘交汇处的玻璃窗外，飘动着发光的物体，定睛一看，啊啊，竟然是一张人脸！

那双大眼睛盯着他们，目光贪婪、凶狠。奇怪的是，眼眶里没有眼珠子，而是火一般的颜色。还有那张嘴巴，张得很大很大，似乎在向外喷射着红色火焰。瞧那股红色的火焰，眼看就要将窗帘烧焦。

小林不由得攥紧拳头，突然站起来。警察们怎么没有动静？他们在干什么？看来不打开窗户大声喊叫，他们是不会听见的。小林鼓起勇气，硬着头皮向窗户跑去。

就在距离窗户不到一米的时候，荧光脑袋转眼间不见了。小林一个箭步扑到窗前，正要打开窗户。

"啊！在这里！"

后面传来杉本先生的惊叫声。

小林转过脸望去，只见杉本先生手指着自己后面的窗户。那窗帘中间的交汇处，也出现了二十厘米左右的缝隙。那里出现了一个脑袋，正在左右摇晃。

小林不顾一切地冲向那里，好不容易跑到那里，那个脑袋又消失了。就这样，荧光脑袋时而消失，时而出现。在房间的两个前窗和两个左窗的玻璃外侧，与小林玩起了捉迷藏游戏。荧光脑袋移动的速度快得惊人，仿佛一下变成了四个脑袋。

杉本先生和小林在书房里不停地转来转去，就在他们忙于转圈的时候，杉本先生似乎又察觉到了什么，神经质地狂叫起来。

"啊！怎么不见了！小林，佛像被盗走了！"

小林大吃一惊，赶紧向桌子上望去。啊！空荡荡的，佛像果然无声无息地消失了。

杉本先生跑到门口，用劲力气转动把手。门内侧上了锁，没有钥匙是开不了的。他又检查了窗户，都上了金属插销。

所有门窗都是紧闭的，书房宛如不透风的巨大保险柜。然而，佛像还是不知去向，夜光人究竟使用了什么魔法？

　　杉本先生和小林先钻入桌子底下，而后又沿着四周的角落搜索，可连佛像的影子也没有见着。

　　他们被急得团团转。夜光人是妖怪，从房间里看出去，怪物好像在窗外。其实，那只不过是幌子，也许怪物早就潜入房间里伺机盗窃了。最后，夜光人如幽灵般地将佛像盗走了。

　　这个时候，窗外的院子里热闹起来，两个警察正在一个劲地奔跑，拼命地追赶着在空中飘浮的脑袋。

　　荧光脑袋一边从嘴里喷射着火焰，一边在树林里飞来飞去，与两个警察玩起了捉迷藏。

　　两个警察一边气呼呼地骂道，一边三步并作两步地拼命追赶。

夜光人登天

那些擅长魔法的怪物，也许可以从窗户的缝隙钻入房间，而后又像透明人那样隐藏自己的全身，一旦猎物到手，便化作烟雾消失得无影无踪。

尽管佛像的体积很小，但它毕竟有十五厘米的高度和六厘米的宽度。因此，从窗户的缝隙拿出去似乎不太可能，莫非怪物不仅能将自己化作烟雾，还能将佛像神奇般地化作烟雾？

当时，两个警察发现荧光脑袋时，便立即向院子深处的树林里快速地追去。

他们一边追一边吹哨子，通知其他警察支援。

埋伏在别墅里的两个警察听到哨子声，也迅速地赶到院子里。杉本先生与小林跟在他们身后，也向院子跑去。

伸手不见五指的树林里，闪烁的火球在空中游荡，四个警察紧追不舍。

对手只有一个，而追兵有六个。可对手是情况不明的怪物，能否捉拿归案谁也不敢打保票。

那个脑袋在树林里漫无目的地穿行，似乎迷失了方向。

六个追兵在追赶过程中，有时汇合成一路，有时分成两路左右夹击。四个警察、杉本先生和小林的心里只有一个念头，一定要抓住怪物。可是，他们累得满头大汗却连夜光人的半根毫毛也没有抓着。

正当大家感到手足无措的时候，那个脑袋猛地窜入院子里那棵最高的大树旁边，沿着树枝徐徐地向上升起。

六个追兵赶紧停住脚步，仰头看着扶摇直上的怪物，嘴里一个劲地喘着粗气。

这个时候，树上传来怪物的嘲笑声，妖怪一般的脑袋，正在一个劲地狂笑。

怪物站在五米高的树枝上，俯视树下的人们。

紧接着，怪物将自己脑袋上的光亮向下延伸，于是光亮的面积越来越大。

脑袋下边，呈现出荧光闪闪的胸部和肩膀，继而呈现出荧光闪闪的腹部和腰部，最后呈现出荧光闪闪的两只手和两条腿。一个完整的夜光人模样，展现在追兵们的眼前。怪物站在高五米的树枝上，犹如"大"字形状的夜光灯。

一丝不挂的夜光人瞪着红眼睛，张着红嘴巴，不停地发出笑声。

一会儿后，夜光人慢悠悠地晃动起手脚，只见他快速地转过身去，又快速地转过身来。片刻后，夜光人沿着树枝继续向上飞去。

夜光人来到大树顶端，渐渐地，夜光人的身体开始消失。瞬间，只剩下长有红眼睛和红嘴巴的荧光脑袋。刹那间，就连剩下的脑袋也消失了。

夜光人隐去全身，从树梢上向着黑暗的天空飞去。

曾几何时，某墓地也出现过完全相同的情况。

流浪儿别动队登场

杉本先生和四个警察站在漆黑的院子里，商讨了好长一段时间，还是无法弄清夜光人是如何消失的。只得无奈地返回别墅，向上级报告了这一情况，请示下一步的对策。

可小林呢？他去哪里了？返回别墅里的就五个大人，唯独没有见到小林的身影。

也不知什么时候，小林悄悄地离开大家，从大门溜走了。他离开的时候，比夜光人从大树上消失的时间要早许多。

小林走到门外环视一下周围，好像在寻找什么东西。

路对面的黑暗里窜出一个矮小的影子，蹑手蹑脚地向这里走来。借助门灯的微弱光线，那小个子比小林要矮上许多。

少年蓬头垢面，破衣烂衫，一副乞丐的模样。可他脏兮兮的脸上，那对眼睛倒是炯炯有神，显得非常机灵。

少年跑到小林身边，附在他的耳朵上窃窃私语了好一阵子。奇怪的是，小林脸上并没有任何表情，认认真真地听着"悄悄话"。

"那家伙是滑着下来的，这就是夜光人的魔法秘密。"

矮个子少年说完后，脸上的表情十分得意。

"噢，原来如此。好样的，真不愧是口袋小和尚，秘密都被你发现了，还有其他伙伴埋伏在那里吗？"

小林道出了少年的真实面目，原来是流浪儿别动队里的口袋小和尚。他个头特别矮小，却脑袋瓜子机灵，动作敏捷。

据说他还可以缩小自己的身体，躲在大人的衣袋里，于是荣获了口袋小和尚这一雅号。由于他屡建奇功，还被誉为流浪儿名侦探呢。

"嗯，还是埋伏在老地方，一共是五个少年侦探，都是清一色的大高个，而且身强力壮！"

"好，去看看他们，在哪里？"

"在别墅后面，走吧，请快一点。"

他们手牵着手，消失在浓浓的夜色里。

沿着别墅周围的围墙来到后面，那里是长满野草的空地。

口袋小和尚站在黑暗里，眼睛在野草地里搜寻着。

"瞧！在那里，他们正挤在一起趴着呢！"

口袋小和尚一边说着，一边拉着小林向那里走去。

果然，草地里埋伏着五个少年。可这别动队的五个少年侦探，怎么会出现在这里呢？原来，小林去杉本先生家之前，电话通知了别动队的其中一个队员，让他通知其他队员火速赶到杉本别墅的附近，布控时间从今天晚上十点钟开始。

流浪儿别动队的少年侦探们，个个机智勇敢，而且任劳任怨。遇到十万火急的情况时，他们发挥的作用就更大了，有时候连大人也望尘莫及。小林知人善任，并且对他们每个人的特点都非常了解，今天安排他们在现场的围墙外侧布控，就是为了防止夜光人越墙逃走。

小林的巧妙布置，果然有奇效，埋伏在草地里的少年侦探们，还真发现情况了。

"瞧！就是那个，从围墙里的树梢上延伸到这里的地面。小林，你看到了吗？"

口袋小和尚指着树梢，说话的声音轻如蚊子的叫声。

延伸到地面草丛里的，是两根斜着的细绳索。绳索的顶端在别墅里的那棵最高的树上，绳索的底端在埋伏圈中间的草丛里。

小林蹲在草丛里调查了一番，原来有两根粗而结实的木桩深深地插在草丛里。那两根从树梢延伸过来的绳索，牢牢地拴在这两根木桩上。

"对！夜光人肯定是从树梢上抓住其中的一根细绳索滑到地面的。夜光人在空中消失的说法，完全是胡言乱语。曾经在某寺院墓地里的树梢上消失的方法，也一定是采用的这种办法。"

口袋小和尚轻轻地说道。

他虽然没有亲眼看到墓地里的夜光人消失的情景，但从少年侦探团的团员那里听说了情况。

"嗯，你的判断多半是对的，你们发现了夜光人的秘密，真是太好了。那家伙现在还在围墙里四处逃窜，警察们正在追赶。我估计他最后一定会爬到这棵大树的树梢上，而后抓住绳索滑到这里逃之夭夭。口袋小和尚，你知道这两根绳索系在树梢上的奥秘吗？"

小林与口袋小和尚交谈起来。

"这个当然知道。他先将绳索的中间部分扎成活结，然后挂在大树的粗树枝上。那根松弛的绳索是解开活结的'拉绳'，这根紧绷的绳索则是坏蛋拽着滑到地面的滑梯。

"为保证牢固，绳索的末尾系在插入泥土里的木桩上。坏蛋沿着绳索滑到地面后，便拽动'拉绳'解开系在树梢上的绳索活结，而后轻轻地拽一下，绳索便回到坏蛋的手中。

"这样一来就隐藏了其滑到地面上逃走的真相，还制造了飞向空中的假象。夜光人的如意算盘还真妙，遗憾的是竟然没有把我们算进去。"

口袋小和尚笑嘻嘻的，为自己能一眼识破夜光人的秘密而感到自豪。说完，他们便隐藏在草丛里，等着观看夜光人精彩而又奇妙的"滑技"。

"那家伙一滑到地面，我们要勇敢地扑上去把他抓住，各位明白了吗？尽管我们都是少年，可毕竟有七个人。无论他身体有多壮，也不可能是我们的对手。

"还有，大家千万别麻痹大意，万一他手里有枪和匕首，抓他的难度可就大了。不过，我们的包围圈与那两根木桩有一定距离。他在拽动'拉绳'解开绳索活结的时候，肯定要使用双手。

"我们就趁这个机会，以迅雷不及掩耳之势扑上去，趁他来不及从口袋里掏枪或匕首的时候，先将他两只手紧紧地抓住。我的话，大家明白了吗？"

小林把嗓门压得很低很低，叮嘱流浪儿别动队的队员们。

"明白了！"

趴在草丛里的别动队队员们，异口同声地回答。

怪人的双手

滴答滴答……时间在一分一秒地过去。五分钟过去了，趴在草丛里的少年侦探们却觉得像等了一个小时。

终于，绳索有动静了，紧绷的细绳弹了一下野草而发出的声音飞入少年侦探们的耳朵里。大家趴在草丛里屏住呼吸，瞪大眼睛注视着细绳的上端。

千万不可弄出任何响声，大家相互摸着对方的手，示意别打草惊蛇。

紧绷的细绳发出响声，随即大幅度地摇晃起来。猛然间，黑影从树梢上一溜烟地滑向地面。

夜光人的动作，宛如马戏团的杂技师在表演空中的滑绳。

七个少年高高地弓起背，犹如田径场上运动员准备起跑的姿势，只要小林一声令下，他们就会猛扑上去。

扑通！木桩旁边的地面发出响声。瞧！全身黑色装束的家伙一屁股坐在草地上了。黑色怪物飞身爬起来，伸出双手抓住"拉绳"解开拴在树枝上的活结。

黑色怪物身穿黑色紧身衣裤，脸上也蒙着黑色布套，肩上还披着黑色短风衣。短风衣随风飘荡，形同巨大的蝙蝠在空中展翅飞舞。

黑色怪物蹲到地上，欲解开系在棍子上的绳结。他的两只手也是黑色的，可能戴着黑色长手套。

黑色怪物的身体被紧身衣裤裹得几乎没有褶皱，犹如男芭蕾舞演员身上的紧身舞装，其目的是不让里面的荧光露出来。

夜光人爬到大树的树梢后就消失了，就是夜光人穿了黑色紧身衣裤的缘故。随着黑色衣裤的遮掩，身体上发光发亮的面积也就相应地减少，直到消失。

这个时候，小林拍了一下身边人的肩膀，发出冲锋的信号。随后，少年侦探们犹如猛虎下山，争先恐后地向黑色怪物发起了冲锋。

少年们与小林一起，几乎同时扑向黑色怪物的左右手。

"啊！"

遭到突如其来的袭击，吓得黑色怪物也脱口大叫起来，接着他们在漆黑一片的草丛里展开了肉搏。黑色怪物的右手被四个少年紧紧抓住，左手被三个少年死死拽住。怪物使劲地挣脱，可手臂还是被十四只铁钳般的手死死掐住。

越是挣扎，"铁钳"掐得越紧。

突然，黑色怪物好像软了下来。手脚和身体也不再剧烈地摆动了。小林见状，立刻取出侦探七道具之一的哨子，疯狂地吹了起来，哨声是向在别墅里执行任务的警察们发信号。

“喂，大家千万别松手啊，把他拽到大门口交给警察处置！”

“是，放心吧，我们不会松手的。”

少年侦探们一边答话，一边使劲地拽着黑色怪物的两只手向大门走去。尽管是些未成年的少年，可毕竟是七个少年的力量集合在一块。黑色怪物无可奈何，乖乖地迈开脚步，顺从地跟着他们向别墅大门走去。

被夜光人偷盗的那尊古董佛像，究竟藏到哪里去了呢？当时，小林如果搜查黑色怪物的身体，也许能从其衣袋里或者身上找到佛像。

但遗憾的是，小林当时的心里只有一个念头，那就是尽快把黑色怪物交给警察，以致疏忽了佛像的去处。

七个少年抓住黑色怪物的两只手，推推搡搡地向大门走去。他们离开草地，沿着围墙转弯，来到别墅侧面的路上。

说时迟那时快！

夜光人使出了逃跑的绝招，简直像变魔术一样。

"咔！"

黑色怪物大喊一声。顷刻间，七个少年相继倒在地上。

这到底是怎么回事？黑色怪物不是已经俯首帖耳、束手就擒了吗？不！黑色怪物表面上假装有气无力，实际上却是在养精蓄锐，伺机反扑。

可少年侦探们抓住黑色怪物的手，一直没有松过呀！他们即便倒在地上，手还是死死地抓着黑色怪物的双手，而且比没有倒地之前还要用力。

然而，少年侦探们是怎么倒地的呢？一定是中间的黑色怪物先倒地，以致七个少年也先后倒下。

可是……黑色怪物早已不知去向。他趁少年侦探们倒地之际，快速地向草地飞奔而去。

黑色怪物与七个少年分开后逃之夭夭了，可少年侦探们丝毫没有察觉到这瞬间的变化。

你瞧，少年侦探们依然是四个人在抓着黑色怪物的右手，三个人拽住黑色怪物的左手。

这又是怎么回事呢？其实，黑色怪物的两只手已经完完全全地与身体分开了。当时，黑色怪物猛一甩手，少年侦探们纷纷倒地，而且一个压一个地叠在一起。黑色怪物为逃避警方的逮捕，毅然舍去了宝贵的双手，无论怪物的双手能否再生，这样的做法多少让人觉得奇怪。

小林感到疑惑，便仔细检查了黑色怪物留下的两只手。手臂上，裹着黑色紧身衬衫的长袖子。手上，戴着黑色长手套。小林又拽下手套仔细看了看，原来是一双假手。

太不可思议了！

事实上，在草地里搏斗的时候，黑色怪物就事先把垂挂在短风衣上的两只假手，故意让少年侦探们紧紧地拽着，以此来转移少年侦探们的视线，逐步挣脱真正的双手。

由于少年侦探们当时都处在极度兴奋之中，没有时间去考虑他们抓住的那两只手是假的还是真的。等到少年侦探们恍然大悟时，黑色怪物早已溜之大吉了。

不速之客

　　此刻，明智大侦探的少女助手真由美小姐正独自一人在事务所里值班。明智先生赴外地出差，小林也正在世田谷区的杉本别墅里执行任务。

　　小林从事务所出发的时候，是晚上七点半，现在已经过十一点了，说不定今晚小林要借宿在杉本先生的家里了。

　　真由美小姐心里惦记着小林，脸上毫无倦意。她独自一人坐在会客室里的椅子上，一边看书一边等小林回来。

　　这个时候，门口传来一阵敲门声。

"哪一位？"

真由美小姐问道。

对方没有回答。以往也经常有客户因案件紧急，深夜赶来侦探事务所求援，眼下敲门的客户，可能也是这种情况吧。

真由美小姐想到这里便急忙站起身来，从衣袋里掏出钥匙插入锁孔（是双开锁，内外都可以开启）打开了门。由于夜深人静，加之独自一人，为防不测，真由美小姐没有从锁孔里拔下钥匙。

门开了，门口走廊上站着一个古怪的男子，身穿黑色西服套装，头戴黑色鸭舌帽，脸色苍白得几乎没有一丝血色。

"您是哪一位？有何贵干？"

真由美小姐用怀疑的语气询问对方。

"我是受贵所少年助手小林的委托特地赶来的，他让我给你捎一个口信。"

说完，男子没有征求真由美小姐的同意，便径直闯入会客室。

真由美小姐见"木已成舟"，只得顺水推舟地请来者坐下，自己则坐在原来的椅子上。

"请问先生，小林现在在哪里？"

"他现在在世田谷区一个叫杉本的家里。"

男子回答时，语气里夹带着嘲笑的口吻。脸上的表情也着实让人感到困惑，既不像死人的脸也不像活人的脸，说得确切一点，倒像脸上戴着假面具。

使人不解的是，倘若真是假面具，那眼睛和嘴按理应该是不会动的。可这个男子每说一句话，脸上不仅有相应的表情，眼睛也不停地眨着，嘴也不停地一开一闭。

尽管这样，无论从哪个角度看这个脸也不像真的脸。再看看他，即便坐在椅子上，也没有主动脱帽的迹象。不管怎么说，这家伙的一言一行都十分粗鲁。

真由美小姐不知怎么的，感到害怕起来。但表面上还是故作镇定，举止自然，语气也毫不客气。她想，无论如何也不能让对方看出自己的恐惧心理。

"您说小林在杉本先生家，他为什么会在那里呢？"

真由美小姐反问。

"真想不到，费了九牛二虎之力，最终还是让夜光人从少年侦探们的手里逃走了。不过，小林还算聪明，居然识破了夜光人如何逃走的秘密。他还带领别动队里的那些流浪儿，埋伏在杉本先生别墅后面的草地里。

"小林和六个流浪儿加在一起总共是七个人，趴在草地里等待夜光人的出现。果然，夜光人刚一露面，两只手就被他们七双手死死地抓住了。"

男子皮笑肉不笑地说。

"这是真的吗？小林真了不起！他还带了流浪儿别动队到现场了啊。"

"是的。六个别动队队员在与罪犯搏斗时毫不畏惧。他们躲在暗处时，一双双眼睛比猫眼还要敏锐。"

"那，夜光人不是被他们抓住了吗？怎么又让他逃走了呢？"

"嘻嘻嘻……没想到夜光人还有绝招！据说这夜光人不论在什么时候总能使出绝招。你能猜出那是什么绝招吗？夜光人，他居然长着四只手哟！"

"什么？他长着四只手？"

"不过，两只手是真的，另外两只手是假的。瞧，那两只真手跟我的这两只手是一样的。"

男子说着，突然将自己的两只手猛地向前一伸。奇怪的是，这男子坐在会客室里不但不脱下灰手套，还把手套口深深地藏在袖子里。头上的帽子也没有摘下，脸上似乎戴着柔软的假面具。

男子真正的脸和手丝毫没有暴露，其中必有奥秘。

男子仍然边说边笑，也不知何故，他说话的语气突然间变得粗暴起来。

"你听清楚了，另外两只手是假的！夜光人谨小慎微，小心行事，特地制作了两只假手，垂挂在短风衣的两侧，即便被抓住，也可以顺利地金蝉脱壳。

"今晚，小林就上了他的当，别动队的那些小流浪儿，抓住的是夜光人的两只假手。

"虽说是假手，但用了厚尼龙仿制，故而与人手同样柔软，同样富有弹性。在漆黑的夜里，那双假手是很难分辨出来的。

"流浪儿们分成两组，一组是四个人，一组是三个人。他们瞄准目标，分别抓住夜光人的左手和右手。当时，夜光人装作垂头丧气、屈服的模样，任凭他们推推搡搡地向大门走去。走到大路上的时候，夜光人陡然间狂喊一声，猛地甩掉原本就不属于他的假手，一阵风似的溜走了。

"流浪儿们纷纷倒地，你压我我压他的，像一座小山包一样堆积在一块。他们虽然倒地，但还是没有察觉到那两只手是假的，仍然使出吃奶的劲，牢牢地拽住假手不放。夜光人趁这个时候，飞快地逃走了。

"由于天黑，夜光人瞬间便不见了。哈哈哈……怎么样？夜光人的本领比起你们的明智先生，要高明得多吧！真由美小姐听了我的讲述，也一定感到出乎意料吧！"

忽然间，男子从一阵狂笑的表情变化成吹胡子瞪眼的凶相。脸上突然显现出一条大的皱纹。大皱纹居然会不停地蠕动，令真由美小姐不由自主地颤抖起来。

"您是哪一位？究竟从什么地方来的？"

尼龙面具

"你问我是谁？你真想知道我是谁吗？"

男子压低着嗓音，把戴有假面具的脸向前探出，凑到真由美小姐的眼前。

真由美小姐吓得魂不附体，打算向里逃跑。至于男子到底是谁？她已经顾不上听对方的回答了。

"嘻嘻嘻……你再好好地看一下我的脸，这不是我的真脸，是一个假面具，像这样柔软的假面具，你大概还不曾见过吧！

"这种柔软的假面具是法国进口货，两三年前曾在日本各大城市的大商店里出售过。这种假面具是用来模仿魔术师滑稽的表情的。

"可我这个假面具不是那一种，是模仿后又加以改进的，还是我自己制作的，比起法国进口的假面具，我这个不知要好上多少倍呢。

"我这假面具是采用高级尼龙制作的，可以与脸紧紧地贴在一起，脸上的肉一旦动起来，假面具也会相应动起来。一说话，嘴巴就会一开一闭。一眨眼，脸部肌肉也会跟着蠕动。

"真由美小姐，你知不知道我为什么要戴这种假面具吗？不用说，是为了遮住自己的脸。真由美小姐，你想知道假面具后面藏着什么样的脸吗？"

男子说话时好像嘴里含着什么东西似的，真由美小姐一想到假面具后面，还有那张未知的脸，全身便变得僵硬起来，呆若木鸡似的站着。

"嘻嘻嘻……请仔细看看我的脸！只要像我这样摘，面具就可与脸自然分开。"

男子敏捷地站起身，摘下黑色鸭舌帽，露出厚厚的黄头发。他把两根手指放在额头上，十分轻巧地摘下了柔软的面具。

于是，面具后面那张微黄的脸也暴露在灯光下。

"哎呀，灯光会影响我这张脸的效果。这样吧，我去关灯！"

男子说完，一个箭步地窜到墙边，按了一下开关。

灯熄灭了，房间里一片黑暗。

黑暗中，突然现出圆圆的东西，一张圆圆的脸，发光的脸。

两只大眼睛里射出血一样的红色光芒，张开的嘴巴里犹如一团火在燃烧，你是夜光人！

夜光人的脑袋仿佛已经与身体脱离，在空中飘浮。那个游动的脑袋在黑暗里时上时下，时左时右，不停地发出笑声。

"真由美小姐，你知道我为什么要上这里来吗？当然，我不会把你怎么样的。听说明智去外地出差了，是这样的吧！

"好，他一回来，希望你向他转达我刚才讲述的内容。我就是为了请你转达，才特地拜访贵所的。

"今天晚上，我不仅盗走了杉本家的宝物，还诱骗小林和流浪儿别动队掉进了我设下的圈套。

　　"接下来，也就是后天晚上，赤森家的宝物也将归我所有。我偷盗谁家的宝物，就如探囊取物一般，根本不费吹灰之力，更不用煞费苦心。赤森家里收藏的，是中国古代的五尊白玉佛像。

　　"虽说体积比手掌还要小，但名扬天下，是无价之宝。说实在的，我为了得到那几尊佛像，已经等很长一段时间了。现在，我决定后天晚上登门领取。

　　"我的这个决定，也请你通知赤森。后天晚上，说不定明智也回来了，也请你把我的这个决定告诉明智。

　　"还有，你们侦探事务所最好帮助赤森家策划一下，制定严密的防范措施。不过，明智的脑袋无论怎么样，也绝对敌不过夜光人的魔法。"

　　啊！夜光人又预告盗窃地点、内容和时间了！不仅如此，他还肆无忌惮地闯入了明智侦探事务所。夜光人似乎在说，防范和戒备无论怎么周到和森严，也是无法挡住夜光人的。

夜光人，究竟是怎么回事？

夜光人的偷盗目标，好像只盯着名闻天下、价值连城的稀世宝物。既然夜光人是妖怪，可又为何喜欢文物呢？实在令人费解。

一些著名的古董和文物，通常为大众所知。一旦出售，很快就会一传十，十传百。文物古董出售很难，变为现金更难。莫非夜光人并不是为了换取钱财而是爱好或者是收藏？由此看来，夜光人的这种喜好与其妖怪的本质，似乎风马牛不相及。

从密室消失

　　夜光人的脑袋，一边在黑暗的房间里游来晃去，一边重复发布着偷盗的预告。趁这个时候，真由美小姐蹑手蹑脚地向门口走去，他轻轻地打开房门跑到走廊里，而后迅速地关上房门，并从袋子里取出钥匙将门锁上了。

　　真由美小姐不愧为大侦探的助手，一连串的动作一气呵成。她以迅雷不及掩耳之势，让夜光人成了瓮中之鳖。就这样，搅得大家不得安宁的夜光人被牢牢地锁在会客室里。

　　会客室里，除了通向走廊的房门，还有通向明智书房的房门。小林出去执行任务前，就已经将书房的门上了锁。因此，夜光人要想逃离会客室，只有通过门边上的两个窗户。

可这幢采用钢筋混凝土浇筑的二层楼建筑，比一般的二层楼要高出许多。会客室的位置在高高的二楼，从窗户往下跳是不可能不受伤的。

即便能轻松地跳到地面，大街上也有来来往往的行人，夜光人在众目睽睽下溜之大吉，似乎是天方夜谭。

当然，夜光人也确实被真由美小姐反锁在"密室"了。

真由美小姐立即喊来隔壁邻居，通报了夜光人被反锁在会客室里的消息，于是居住在二楼的邻居们全被召集起来，把守了所有侦探事务所的出入口。倘若夜光人砸门从书房逃到走廊上，是不可能在众人面前顺利通过的。

真由美小姐叮嘱大家严加防守，自己则借用邻居家的电话拨通了正在世田谷区杉本先生家的小林和警察并告知了这一情况。通常，他们只要拨通警方的110电话，附近巡逻的警车就会迅速赶到，快则两三分钟，慢则五六分钟。

二楼的邻居们，三人一伙五人一群，全部聚集在明智侦探事务所门前的走廊上。不过，他们脸上的表情，显得很有点害怕。不过有一部分人，则把目光盯在会客室的门上。

大约过了三分钟，大门口传来警报声。

"太好了，一定是警车来了！"

大家开心地笑了，悬着的心总算落了地。

真由美小姐跑下楼梯，向公寓门口飞奔。

路边停着一辆白色警车，两个警察正要下车。

警车上只有两个警察，其中一个是驾驶警车的。他们听上司说这幢公寓里出现夜光人，便迅速赶来了。真由美小姐通报了自己的姓名，为两个警察带路，请他们上二楼。

警察们走到门前，接过真由美小姐递上的房门钥匙，慢慢地打开了会客室的门，从门缝查看了没有灯光的会客室。

"房间里什么也没有啊，真由美小姐，你说的那个夜光人在哪里呀？"

真由美小姐也把眼睛凑到门缝跟前，仔细查看，可房间里只是一片漆黑，根本就没有什么夜光人。

"这是怎么回事啊？他可能躲在房间的某个角落里，快按一下门边的电灯开关……"

真由美小姐一边自言自语，一边把手从门缝伸进去，摸了好一阵子，总算摸到左边墙上的开关，赶紧按了一下。

啪！电灯亮了，房间瞬间亮了起来，可房间里根本就没有什么人，就连桌子和椅子下面也没有人的影子。

再瞧通向书房的门也好端端地锁着，经过仔细辨认，会客室的门锁上也没有一丝撬门的迹象。

"咦！怪了，进会客室看一下。"

警察推开房门，走到灯火通明的会客室里，接着对凡是能藏人的地方，无一漏网地展开搜查。他们又借用了真由美小姐的钥匙，打开了明智大侦探的书房和其它房间，但是仍没有找到夜光人。

警察返回原来的会客室，站在面向大街的窗户前，目光注视着敞开的窗户，询问真由美小姐。

"这房间的窗户一直敞开着吗？"

"不，一直是关闭的。窗帘也一直是遮着的，那说不定……"

"不可能啊，他爬窗跳楼是非常困难的，而且贴着墙面爬下去的脚印也没有被发现。再者，大街上有很多行人，不可能看不见的。"

其中一个警察把身体探出窗外，看着建筑物的外墙说道。

妖怪似的夜光人莫非又使用了令人难以置信的魔法，把不可能变为可能并且神秘地消失了。

这个时候，会客室门外的走廊上传来说话的声音。

警察和真由美小姐转过脸去，只见公寓管理员身后跟着一个男子。他们分开拥挤在门口的人群，走进会客室。

男子头戴贝雷帽，身穿黑色灯芯绒的宽松服，一副画家的派头。

"警察，这位先生说，他亲眼看见一个机器人模样的家伙溜走了。他说的机器人，说不定就是你们要找的那个夜光人。那家伙从窗口爬出，向空中飞去了。"

管理员一口气说完。

两个警察瞪大眼睛，看着头戴贝雷帽的男子。

幽灵般的夜光人

　　贝雷帽男子是家住附近的油画家，叫夏木。他说他在公寓前的大街上走路的时候，发现了一个发光的东西从明智侦探事务所的房间里窜出，并向房顶上爬去。

　　当时，在大街上虽有三三两两的过往行人，但谁也没有抬头仰望天空的习惯，更谈不上目击这个发光的怪物，也就是说画家贝雷帽男子是唯一的目击者。

　　一开始，他还以为是真的火球，于是便紧盯着它，想观赏火球向空中飘浮的情景。过了一会儿，火球的上半部显现出那双火红的大眼睛，嘴巴两边的嘴角一直延伸到耳朵根部，仿佛含着一团燃烧的火。

画家夏木先生曾在报上看过夜光人的新闻报道，心想这个有眼睛有嘴巴的怪物无疑是夜光人，于是他赶紧赶到明智侦探事务所，向该公寓的管理员详细讲述了当时的情况。

警察立即下楼来到公寓的大门口，抬头仰望屋檐，或许是太迟的缘故，夜光人早已无影无踪了。

虽说夜光人可以如幽灵般地忽隐忽现，但毕竟是人化装的。试想，倘若没有飞行器助他一臂之力，他是不可能飞向空中的。由此看来，夜光人的秘密飞行器，肯定是事先藏在公寓屋顶上的某个角落。还有，屋顶上肯定事先拴有一根细而结实的绳索，垂挂在明智侦探事务所的窗外面。夜光人，无疑是爬到窗外抓住绳索向屋顶爬去的，随后使用藏在屋顶上的飞行器逃之夭夭了。

黑暗布控

第三天晚上，是夜光人偷盗赤森家宝物的预定时间。

赤森先生从真由美小姐那里得到消息后，立即报告了当地警察。这天傍晚前，警视厅派来五个刑侦警察布置在赤森别墅周围。

"如果明智先生出差回来，无论如何请他大驾光临。"

赤森先生在电话里百般央求。他对小林说，希望在明智大侦探回来之前，请小林出马。

傍晚时分，赤森别墅来了一位身穿黑色西装、高个子的绅士，他就是刚刚从外地回来的著名大侦探明智小五郎。

接到女佣人的报告，赤森先生大吃一惊，连走带跑地来到玄关迎接，他恭恭敬敬地将明智大侦探请到会客室。女佣人端来茶水和点心，热情招待风尘仆仆的客人。

赤森先生腰缠万贯，是东京市里人人皆知的大贸易商。他所经销的商品种类繁多，个人爱好也十分广泛。其中他最大的嗜好就是收藏古玩。虽说他年已花甲，但仍然气宇轩昂。

"听说夜光人今晚潜入贵府偷盗宝物，我立即赶来了。听说我的助手小林也来了，他在哪里呀？"

明智大侦探问道。

"他在古玩收藏室里值班，负责那里的保卫工作，不知先生能否光临那里？"

"行，按你说的做。过了一会儿，我接替小林值班亲自保卫古玩收藏室。"

说完，他们一前一后地向古玩收藏室走去。

在收藏室的正面墙上挂满了大大小小的油画，

中间区域排列着许多玻璃陈列橱，陈列着各式各样的收藏品。例如亚洲的雕刻品，欧洲的小茶壶和花瓶等。

两个人一走进收藏室，坐在桌前的小林赶紧站起身，同时脸上堆满了笑容。

"啊！先生。"

"小林，你这就返回事务所吧，这里的保卫工作由我亲自负责，可我随时要与你电话联系的，请别离开事务所。"

小林听完，脸上掠过一丝奇怪的表情，可这是先生的命令，必须无条件地执行，于是他向先生鞠了一躬便回事务所了。

"赤森先生，那五尊白玉佛像放在哪里？"

"在那里，右边橱子的顶层。我所收藏的古玩中，就数它最有价值。夜光人把目标对准它，实在让我大吃一惊，而且他好像知道佛像在收藏室的具体位置。"

明智大侦探走到玻璃橱子的跟前，仔细打量着五尊白玉佛像。

“果然名不虚传，我也不曾见过这么漂亮的玉雕。”

明智大侦探看后连声称赞。

接着，两个人面对面地坐在桌子前交谈起来。

“今天晚上我在这里，你就回自己的卧室休息吧，埋伏在收藏室里的人不能多，最好是一个人。等一会儿，我召集院子里的警察开会，统一行动，活捉夜光人，办法我已经考虑好了。”

明智大侦探胸有成竹的话，说得赤森先生心花怒放，完全放心了。

“那就全拜托你了！有日本第一大侦探在这里，我可以高枕无忧、安心睡大觉了。我这就回卧室休息，一切就拜托了。如果有什么要求，请尽管吩咐，只要按一下铃，我随时可以赶到。”

“那好，请你把收藏室的房门钥匙借给我，我打算在门内侧上锁。”

赤森先生从房间角落的壁橱抽屉里取出钥匙交给了明智先生，随后向门外走去。

明智大侦探将门锁上后，走到面向院子的窗户前，瞪大眼睛张望着。

正巧院子里有一个警察在巡逻，于是明智先生喊了一声他的名字。等警察来到窗前，明智先生便凑在他耳朵跟前轻轻地说了几句。那人是警视厅中村警部的部下，与明智大侦探非常熟悉。

警察点点头走了。明智大侦探关上窗户，上完插销后环视了整个房间，他发现角落里的壁橱与墙之间有一条缝，于是他便侧着身子藏到了里面。

那以后的一个多小时里，什么情况也没有发生，收藏室里鸦雀无声，仿佛一个空荡荡的房间，门和窗的内侧，不是上了锁就是上了插销。

倘若夜光人撬窗或破门闯入，躲在暗处的明智大侦探肯定会不顾一切地扑上前去将他抓获。

院子里和走廊上的五个警察也藏在暗处，一旦房间里有情况发生，就会立即行动。

不久以后，太阳下山了，院子里黑乎乎的，收藏室里也没有开灯。

黑暗里，明智大侦探没有吸烟，而是一动不动地等待着。

在院子里监控的三个警察各自隐藏在大树后面，密切注视着周围。

院子里的树林里，突然亮了起来。咦！那不是夜光人的脑袋吗？又大又红的眼睛里射出凶狠的目光，向耳朵根部延伸的嘴巴，像火一样在燃烧。

奇怪的是，隐藏在大树后面的三个警察没有行动，而是眼睁睁地看着怪物径直地向收藏室飘去。大侦探再三叮嘱了他们，没有他的命令或者在他没有抓到怪物之前，大家都不准行动。

荧光脑袋在空中一边飘，一边向收藏室的窗口飘去。

隐藏在大树后面的三个警察，只是默默地目送着。

当脑袋来到窗前时，忽然神秘地失踪了。

莫非变成了幽灵，穿过玻璃飞入了收藏室？

三个警察竖起耳朵，等待着明智大侦探的信号。

大侦探昏迷

收藏室门前的走廊上，也有两个警察屏住呼吸隐藏在暗处。

突然，收藏室里传出搏斗的声音，好像是你推我搡扭打在一起的声音。

夜光人终于出现了，自投罗网的他，说不定已经被明智大侦探一举擒获。

两个警察赶到古玩收藏室的门前使劲推门，可内侧上了锁，怎么也推不开。

警察们一边用力地敲门，一边呼喊明智大侦探的名字。

"先生，是不是那家伙出现了，请快把门打开！"

然而，收藏室里没有回答，看来明智大侦探正在与夜光人扭成一团，无法回答。

"明智先生，到底发生什么了？说话呀！"

收藏室里仍然没有回答的声音，而是传来物与物的撞击声和粗粗的喘气声。

"明智先生多半被打得不轻，我们还是用肩膀把门撞开吧！"

一个警察说完便向这家主人的卧室跑去。片刻后，他带着主人赤森先生快速地返回收藏室的门口。

赤森先生取出备用钥匙打开门锁。

两个警察一把推开门，闯到了里面。收藏室里没有开灯，什么也看不见。

"赤森先生，开关在哪里？请快打开灯！"

赤森先生赶紧跑到收藏室里，摸到墙上的开关打开电灯，于是收藏室里亮了起来。

"啊呀！明智先生他……"

明智大侦探正四脚朝天地倒在地上，已经不省人事，两个警察赶紧上前，蹲在明智大侦探身边大喊大叫。

"明智先生，请直起腰来！"

"明智先生，请睁开眼睛！"

警察扶起明智，不停地摇晃他的肩膀，可他仍然双目紧闭。

收藏室里就明智大侦探一个人。

猛然间，面向院子的窗户传来敲打声，玻璃上紧贴着三个警察的脸，也许是收藏室的灯光映照出室内两个警察的身影，他们看到后便赶来相助。

室内的警察拔下插销打开窗户，室外的三个警察爬窗进入了收藏室。大家围着明智大侦探，时而呼喊他的名字，时而摇晃他的肩膀，过了好长一段时间，明智大侦探终于苏醒过来，睁开眼睛扫视了一下周围。

"那家伙抓住了吗？"

"你说的那家伙是谁？是不是夜光怪人？"

明智大侦探没有回答，只是一个劲地点头。

"我们进来的时候，什么人也没有发现，这家伙会藏在哪里呢？门和窗户都是紧紧关着的呀……"

警察答道。

"是啊，我们也碰到了怪事，夜光人的脑袋慢悠悠地向窗户飘来，一飘到窗前便不知去向了。令人奇怪的是，他究竟是怎么越过窗户钻入收藏室的呢？难道他变成了能穿越玻璃的幽灵？"

埋伏在院子里的警察插话。他说话时，脸上的肌肉绷得很紧。

"明智先生，你真抓住那家伙了吗？"

"嗯，抓是抓住了，可那家伙的力气还真不小呢！冷不防被他挣脱双手，反而还将我摁倒在地上。当时，我的后脑勺猛地撞在地上，随后就不省人事了。"

"那家伙就露出一个脑袋吗？"

"不，他全身穿着黑衣黑裤，脸戴黑色蒙面套，手戴黑色手套。"

所谓的消失，脑袋上只要一戴上黑色蒙面套就可遮住荧光，瞬间与黑夜融合在一起，可是他怎么钻入收藏室的呢？

就在这个时候，玻璃橱那里传来赤森先生的惊叫声。

"不好！白玉佛像不见了，不是一个不见了，而是五个都不见了！"

大家赶紧跑向那里。

玻璃橱里空空荡荡的，五尊佛像被洗劫一空。夜光人果然像预告说的那样，一个不留地盗走了赤森先生收藏多年的宝贝。

"赤森先生，佛像失窃是我失职，太对不起你了！我的方案里存在着漏洞，反被对手钻了空子。房门内侧上锁是这次失败的主要原因，如果门不上锁，警察们就能抓住时机轻而易举地抓住盗贼。

"我竟然犯这样的低级错误。不过，我是不会善罢甘休的，你放心吧，我一定完好无损地取回佛像，完璧归赵。赤森先生，请给我十天时间，我一定雪耻。"

明智大侦探用手按着受伤的后脑勺，惭愧地对赤森先生说道。

一会儿后，明智大侦探无精打采地离开赤森先生的别墅。他来到大门口，没有喊出租车，而是沿着昏暗的人行道行走。他的脚上仿佛绑着沙袋，走起路来步子显得非常沉重。

忽然，怪事又发生了。

明智大侦探从人行道上的电线杆子旁边经过，继续磨磨蹭蹭地向前走着。电线杆子后面龟缩着一个蓬头垢面的乞丐，只见他慢慢地站起身来，跟在大侦探的后面。

乞丐的个头十分矮小，衣服破旧不堪，加上光线微弱，看不清楚他的长相有什么特征。他若无其事地跟在大侦探后面，保持着一定的距离。

伊藤别墅

这个装模作样身材矮小的乞丐是谁？为什么要跟在明智大侦探身后？

大侦探好像根本就没有察觉到后面的"尾巴"。过了一会儿，他突然开始加快脚步，沿着人行道向主要道路走去。不远处的路边停有一辆轿车，明智大侦探走到车旁，拉开车门弯腰坐到了座位上。

小乞丐见明智大侦探上车，便不停地挥着手，似乎在发信号，很快，一辆轿车向这里驶来并停在小乞丐的面前。像这样的乞丐，居然拥有如此漂亮的轿车，真让人不可思议。

小乞丐乘坐的轿车跟在明智大侦探的轿车后边。

两辆轿车犹如射出的箭一般，在道路上风驰电掣般地奔驰。晚上八点刚过，可道路上还是像白天一样，车水马龙，两辆轿车被茫茫车海淹没了。

片刻后，明智大侦探的轿车驶入涉谷区，向某住宅街方向驶去。为防对手察觉，跟踪车辆必须与前面的车辆保持一段距离。

在冷冷清清的街道上，明智大侦探的轿车慢慢停了下来。这是一幢欧洲风格的二层楼建筑，外观十分漂亮。明智大侦探下车后，向别墅大门走去。

少年乞丐猫着腰，跟在大侦探身后，鬼鬼祟祟地潜入了别墅。

这幢欧洲风格的别墅，究竟是谁的家？打量了大门上的姓名标牌，写有"伊藤五郎"四个黑体字。伊藤五郎这个名字，少年侦探团的孩子们从未听说过。

明智大侦探为什么不回自己的事务所？为什么径直来到伊藤五郎的家？此行究竟是公事还是私

事？难道是……

"太不可思议了！这幢别墅怎么只有先生知道，而我压根儿就不曾听说过。"

少年乞丐自言自语。

这个外表酷似乞丐的少年，既然称明智大侦探为先生，那他肯定是少年侦探，不是少年侦探团的团员，就是流浪儿别动队的队员。

这些话究竟意味着什么？旁人不可能清楚，只有他心里明白。照这些话分析，少年与明智大侦探之间的关系应该是十分亲密的。

啊！原来是这么一回事，少年乞丐是小林化装的。别看他把脸涂得这么黑，可那对机灵的大眼睛却显得格外有神。瞧那眼神，一看就知道他是少年侦探团的小林芳雄。

小林刚才在赤森先生的收藏室里的时候，明智先生非常武断地要自己先回事务所。因为是先生的命令，小林便一声不吭地赶紧离开了，可他走到大门口时，总觉得不太对劲，尤其是先生对自己说话，不会用如此生硬的语气。

带着疑问的他走出别墅大门后，找到路边的公共电话亭，给明智侦探事务所打了电话。接电话的真由美小姐说，明智先生刚打来电报说今天晚上八点三十分到达东京车站。

小林越发觉得奇怪，明明是晚上八点三十分到达的明智先生，怎么会提前这么早出现在赤森先生的家里，他怀疑这个明智先生是冒名顶替的。

虽说长相和声音都十分相像，看不出任何破绽。可社会上确有那些擅长化装的人，到处招摇撞骗。迄今为止，在少年侦探团协助警方侦破的大量案件里，屡屡出现假的明智先生。

小林火速赶回事务所化装，将自己打扮成乞丐。他与出租公司电话商妥，包租了一辆轿车，而后迅速坐车返回了赤森别墅的附近。他让司机把车停在别墅左侧一百米远的地方，自己则隐藏在别墅门前的电线杆子后面。

真假明智

　　小林芳雄潜入伊藤别墅，先沿四周外墙转了一圈。别墅一楼房间的窗户发出淡淡的灯光。小林隔着窗户玻璃窥视着房间，只见刚才的明智大侦探正独自站着。

　　房间里的装饰和摆设，既讲究又阔气，正面墙上竖有一面狭长的大镜子，高度两米左右，长度五十厘米左右。

　　明智大侦探面对着镜子，看着镜子里的自己，嘴里不停地嘀咕着。

　　"我的化装本领实在是太高超了，就连那个与明智朝夕相处的小林芳雄也没有识破，居然乖乖地按我的命令行事。闻名于日本的大盗，竟然乔装打扮成明智大侦探替赤森守护稀世珍宝。

"真有意思，也难怪乳臭未干的小林和警察，他们是不可能察觉出我这一手的。"

他一边对着镜子里的自己，一边自我吹嘘、自我陶醉。

躲在窗外偷听的少年乞丐——小林，这才恍然大悟。他悄悄地离开窗户，飞快地跑到大门外，沿街找到了转角边上的公众电话亭，推开门迅速按起了电话键盘。他打完电话后，又一溜烟地返回刚才的那幢别墅里。

小林打完电话返回了别墅，大约过了半个小时，假明智一改刚才站立的姿势，躺在安乐椅上悠然自得地抽起了香烟。他没有脱去身上的外套，仍然一副明智大侦探的装束。看来，他还想凭借这套打扮继续干着罪恶勾当。

忽然，门口传来敲门声，多半是假明智的部下打算进房间报告情况。

"进来！"

假明智说道，但声音很严厉。

门开了，门口走廊上站着一个高个子男人……

假明智突然惊叫一声，立刻从椅子上站了起来。

门口站着的高个子男人，与明智大侦探也是一样的个头，一样的眼神，一样的脸型，一样的装束。室内和室外站着的，都是明智大侦探。瞧这对真假明智大侦探，正互相怒视着对方。

假明智迷糊起来，还以为门口走廊的墙上也有一面狭长的镜子。不过，房门内侧墙上的确镶嵌着一面相同形状的镜子。那面镜子里也映有自己的影子，顿时出现了三个一模一样的明智大侦探。

"哈哈哈……让你受惊了吧，你可算得上是一个化装高手啊，就连我自己也觉得，只有你才是真正的我。哈哈哈……"

走廊上的真明智大侦探，慢悠悠地走到房间中央。

"你怎么知道这里的……"

假明智大侦探惊魂甫定，语无伦次地说道。

"是小林通知我来的，听说你把小林从赤森别墅赶回了事务所，可我到现在似乎还蒙在鼓里，不清楚到底是怎么回事。

"小林尽管服从了你的命令，可他最终还是识破了你的诡计。他聪明伶俐，思维敏捷，一直尾随在你的身后，直至跟踪到这里。

"我是今天晚上八点三十分到达东京车站的，随即回到事务所。一只脚刚跨进会客室里，就听到了叮铃铃的电话铃声。你猜是谁打来的？就是那个被你从赤森别墅驱逐出去的小林。

"为了拜会你这个假明智大侦探，我顾不上休息，马不停蹄地赶来了。哈哈哈……"

真明智大侦探说完，把右手插在口袋里。假明智大侦探听完这番话，也把右手插入口袋里。

"哈哈哈……你还是快把手从口袋里拿出来吧，要说手枪那玩意儿，我口袋里也装着呢。"

"那好，咱们就别动刀弄枪的，还是文斗方式比较文明。"

假明智放弃了武斗的选择，镇定自若地从口袋里抽出右手，真明智也从口袋里抽出右手。

"你编造夜光人搅得大家鸡犬不宁，手法还真不赖呀！扮作恶煞的模样吓唬人，以此达到你大肆盗窃的目的。采用如此卑鄙的手段，这世界上除了你还是你！"

"照你这么说，我的秘密你都一清二楚了？"假明智厚颜无耻地问道。

"那还用说。前不久，杉本先生家的佛像被盗。今天，赤森先生家的五尊白玉雕刻佛像也被盗了。盗贼是谁，我都一清二楚。

"虽然这段时间我出差在外，可每天都阅读报纸。通过阅读报上的新闻，我做了一番周密的分析，可以准确地说，两起盗窃案的犯罪嫌疑人是同一个罪犯所为。"

"哼，你真明白了？好吧，我向你提几个问题。不过，这房间不适合咱俩之间的谈话，还是到最里面的房间比较适宜。比起这里，那里的环境既安静又舒服。"

"可以！只要是这幢别墅，不管哪个房间都行。可你必须要知道，这幢别墅的周围已经被警察围起来了。你已经是上天无路，入地无门，就是插翅也难逃走了！

"小林不仅通知我，还通知了警视厅的中村警部。警察们分乘多辆警车，犹如神兵天降般地出现在了别墅四周。因此，我劝你别再耍小聪明，还是乖乖地到门口去吧！

"你的小聪明即便能骗过我，最终也是逃脱不了的。走！快走！随你到哪里，我都跟着去，请你带路吧！"

"哼，小林这臭小子干得真不错！总有一天，我要给他一点颜色看看。现在我并没有逃走的意思，请跟我到这边来。"

假明智说完便走在头里，走出门外，沿着走廊转了一个弯。在走廊的最深处，有一个十分精致的房间。两个人一前一后地走进房间里，中间夹着桌子面对面地坐着。

房间里没有窗户，真明智刚走进房间，假明智便随手关上了门，并在门内侧上了锁。

转眼间，房间成了密室。

密室之谜

"好，我问你，你知道我的什么秘密？"

假明智叉开双腿站起身来，一副冷嘲热讽的口吻。

"好，我来回答你这个问题。所谓夜光人，其实就是荧光人，也就是那个据说能在空中飘浮的荧光脑袋。有时候，夜光人是你化装的。有时候，夜光人是你的部下化装的。

"说得简单一点，你只是在化装道具上做了手脚，也就是说衬衣和裤子上涂有荧光颜料，脸上和手上也涂了荧光颜料，而鼻梁上则架着一副嵌有红色大玻璃片的宽边眼镜，镜框内侧装有小灯泡。

"通过红色玻璃片，让人产生幻觉，以为是两道红色的火焰。嘴里装着红色小灯泡，让人觉得嘴里好像有一团正在燃烧的火。

"虽说这只是推理，但我的想象与实际情况相差不大，说准确一点，八九不离十吧！喂，我的话你听明白了吗？"

"嗯，确实是这么一回事。那么，我再请问一下，夜光人飞向天空又是怎么一回事呢？"

"你事先在绳索中间制作了一个活结套，并拴在高高的树梢上，再将绳索的两端垂到地面，并且拴在隐藏于草丛里的木桩上。随后，你沿着绳索往上爬，由于是夜间，黑色绳索很难被人看到。

"化装成夜光人的你或者你的部下，爬上树梢后迅速地穿上黑色衣裤，脸部迅速地戴上黑色蒙面套，于是整个夜光人与夜色融为一体就像消失了一样。

"由于消失的地点在树梢上，以致目击者产生一种错觉，夜光人从空中飞走了。"

"嗯，你说得有点像，你再说说看，那尊古代佛像和五尊白玉佛像是怎么盗走的？"

夜光人继续问道。

"夜光人是人化装的，绝对不可能穿透墙体或玻璃进入密室。因此，那家伙只能露出荧光脑袋在窗外晃来晃去，而后戴上黑色蒙面套，以制造夜光人穿透玻璃的假象。

"当然，单凭他一个人是不可能盗走收藏室里的任何东西。因此，真正行窃的盗贼是另外一个人。

"那么，是谁盗走了杉本别墅里的佛像呢？其实，这是一出'家贼'闹剧，因为那尊佛像本来就是你的。"

真明智一针见血地指出。

"什么？是我的？这怎么可能？"

夜光人满脸惊讶。

"是的。杉本先生和你本身就是同一个人物。"

真明智斩钉截铁地说道。

"喂，你在说什么呀？我怎么越听越糊涂。"

夜光人故作镇定。

"别装蒜了,你擅长化装也喜欢寻衅滋事,在东京市里可是臭名昭著。无论化装什么样的脸谱,你都不费吹灰之力。

"你不仅经常变换脸谱,而且是狡兔三窟。在东京的城里城外,到处都有你的住宅。就说这幢别墅吧,虽然门牌上写着'伊藤五郎',但伊藤五郎不是你的真实姓名。

"说白了,这幢伊藤别墅的主人就是你。你不光冒名伊藤,还冒名杉本,事实上世田谷区杉本别墅的主人也是你。

"从现象上看,你的两处住宅都受到了夜光人的骚扰和洗劫,可两起案件的本质是贼喊捉贼。你既是'家贼'闹剧的导演,又是'家贼'闹剧的主角。

"就说那天佛像被盗的时间段里,收藏室里只有你和小林,门和窗户都上了锁和插销,称得上全封闭的密室,按理说不可能有第三个人进去。

"夜光人的荧光脑袋虽在窗外游荡,可进不了房间。因此，盗窃宝物的歹徒就是别墅的主人杉本先生，也就是你！你趁小林全神贯注地注视窗外的夜光人的时候，把小巧玲珑的佛像装入了内衣口袋里，以制造出被夜光人盗走的假象。

"你还编造了夜光人如幽灵一般潜入密室的神话，扰乱人们的视线，把人们引向歧途。这样，今后再有宝物被盗，人们就会自然而然地认定是夜光人所为。

"今天晚上，你化装成我，独自待在赤森别墅的收藏室里。你在门内侧上锁，其目的是阻止警察进入室内。你还自导自演，用绳索将自己绑得严严实实的，制造出与夜光人搏斗的痕迹。

"你在收藏室里不断地拍打自己的手脚，还发出痛苦的呻吟声，让人觉得你与罪犯正在殊死搏斗，你居然还成功蒙骗了走廊上的警察。

"警察担心你，不得不破门而入，而你则倒在地上装作受伤。当时，五尊白玉佛像已被你分别揣入身上的五个口袋里了。

"更为恶劣的是，你还败坏我的形象。请问，如果我与夜光人展开搏斗，就那么弱吗？你还装模作样地昏迷了好长时间。"

真明智滔滔不绝地说着，语气铿锵有力。

"哼，你还真能推理！我承认，你都说对了。可我怎么也没有料到，精心设计的夜光人计划居然被你一眼识破。我的另一个秘密，说不定也已经被你猜到了？"

假明智说完，凝视着真明智的脸。

两个分不清谁真谁假的明智大侦探，此刻都是双腿叉开，目光怒视着对方。长达一分钟的僵持，终于被真明智的笑声打破了。

"当然猜到了。"

真明智笑着说。他向前伸出右手，陡然间笔直地指着假明智的脸大声吼道。

"你是四十面相！你过去的名字叫二十面相！"

吼声似锋利的尖刀，直"刺"对方。

"如果我真是四十面相，你打算怎么处置？"

"把你交给警方，我刚才说了，这幢别墅的四周都是警察，你就是插翅也难以逃掉。"

真明智郑重地说道。

"哼，你认为我已经是瓮中之鳖了，那怎么可能？明智，像这样铁桶般的包围，我已经历过无数次了。每一次，我都能顺利地逃走，就说现在吧，我也有绝招在手。"

破门而入

"哈哈哈……你别再说大话了，你大概听到脚步声了吧！东京警视厅的警察拜会你来了，可不是五六个哟，而是几十个。他们分成两路，一路继续包围你的别墅，一路正向这里走来。"

真明智的话音刚落，就传来了敲门声。

"明智，你在房间里吗？我是中村，罪犯没有逃走吧？"

门外传来轻轻地喊话声。他是警视厅的中村警部，带着许多部下赶来了。

"没有，他是逃不走的。这房间没有窗户，就连房门也只有一个。你们可别大意，一定要密切关注房门的动静，我现在就把罪犯交给你们。"

真明智脸对着房门，大声嚷道。

"哈哈哈……太有意思了！瞧你那神情，好像我已经成了你的阶下囚似的。站在你面前的毕竟是堂堂的四十面相，不可能就这样束手就擒的。

"明智，我刚才不是说了吗？不管什么时候，我总是有绝招在手，总能顺利突围。你不信？那你等着瞧吧！哈哈哈……"

四十面相大声狂笑着，他究竟在想什么？

突然，怪事发生了。两个真假明智对峙的房间猛地摇晃起来。

"喂，四十面相，好像发生地震了。"

明智大侦探脱口而出。

"你说是地震？哈哈哈……我就喜欢这样的地震，舒服，太舒服了！只有这样的地震，我才能金蝉脱壳。"

四十面相又哈哈大笑起来。

四十面相的这番话，到底想表达什么意思？

也许地震毁坏房屋，陷入包围的密室就不存在了，四十面相就可乘机逃之夭夭。

然而，眼下的地震并不那么强烈，只是持续不断地轻微摆动而已。

明智大侦探背对着房门，密切注视着四十面相的一举一动，随时准备扑上去将其抓获。

走廊上的十多个警察，根据中村警部的命令，守候在房门两侧。

由于门内侧上了锁，大家只能耐心等待着明智大侦探从里边开门。

大家的视线集中投向房门，期盼快些打开。

也不知何故，明智大侦探一直没有为警察们打开房门，中村警部早已等得不耐烦了，挥起拳头敲起房门，嘴里还大声嚷嚷着。

"明智，快开门！喂，明智，你怎么了？"

说完，他把耳朵贴在门上探听房间里的动静。

"喂，明智，你在哪里？快说话呀！"

中村警部连续喊了几声，仍然没有回音。

中村警部开始为明智担心起来，干脆抡起左右两个拳头，粗暴地击打起房门来。一阵雨点般地敲打过后，房间里还是没有一丁点儿的回音。

"咦！到底怎么回事，我们只有把门撞坏冲进去了！喂，你们大家轮流用肩膀撞门，一直到把门撞坏为止。"

中村警部终于下了决心，大声命令着部下。

"是！"

一个身强力壮的警察抢先冲到门前，用宽大的右肩膀使劲地撞击房门。

刚撞了两三下，门就出现了很大的裂缝，紧接着门与门框连接的铰链脱落了。

中村警部赶紧把眼睛凑到门缝前，向房间里窥视。啊！怎么回事？十六七平方米的房间里，没有一个人影。房间里空荡荡的，连可以藏身的地方也没有，那两个真假明智，究竟到哪里去了？

"大家持枪在这里监视，你们跟我一起冲进房间里去。这两个大男人不可能像烟雾那样消失的，肯定在房间里的某个地方，赶快冲进去搜查！"

中村警部说完，带头冲入房间。

枪击脑袋

与此同时，真假明智大侦探也确实在房间里，他们相互横眉冷对，全身一动不动地站着。四十面相站在房间里，而明智大侦探则背对着房门。

令人不解的是，中村警部从门缝向里看的时候，房间里空无一人，而当时的明智大侦探与四十面相，也确实在房间里僵持着。

到底是怎么回事？难道作者把地点搞错了？不！作者是不会犯这种原则性错误的。

其实，中村警部看到的情景也好，真假明智对峙的情景也好，都是真的。亲爱的读者，你能猜猜这到底是怎么回事？

按理说，两个不同的情景是不可能发生在同一个地点的，而事实上，不可能发生的事情又确实发生了。现在，你该明白其中的奥秘了吧？只要认真思考一下，谜底就会出现在你的脑海里。

此刻，刚才还在一个劲摇晃的地震，不知不觉地停止了，也不知从哪里传来轻轻的叫喊声，接着是敲门声。

明智大侦探苦思冥想，也思索不出所以然来。这敲打声和开裂声到底意味着什么？

就在这一刹那间，假明智不知想起了什么，径直向房门走去，突然将手里的钥匙插入锁孔。

"喂，你要干什么？"

明智大侦探惊叫道。

"我要到房间外的走廊上去，你那张脸，我已经看得厌烦了。"

四十面相冷嘲热讽地说道。

"什么？你说什么？走廊上站满了警察，正等着你哟！噢，我明白了，你打算自首？"

明智大侦探惊讶不已。

"走廊上有很多警察,我非常清楚。我虽没有自首的打算,但希望警方能尽快抓住我,可遗憾的是他们是抓不着我的。因为我擅长魔法,可以绝处逢生。好了,就说到这里吧,再见!"

话音刚落,四十面相冷不防地推开房门窜到走廊上,又迅速地将门关上,随即掏出钥匙插入锁孔,把明智大侦探反锁在房间里。

好,就让他自投罗网吧,走廊上的警察们可以不费吹灰之力地抓获四十面相,简直太棒了!

明智大侦探没有尾追上去,而是慢慢地走到门前。奇怪!怎么推也推不开,房门被四十面相反锁上了!

明智大侦探不由得紧张起来,一股莫明其妙的感觉围绕着脑门。他挥起拳头向着房门一阵猛敲,嘴里大声喊着。

"中村警部,刚才跑出去的不是我,是罪犯!虽说他化装得跟我一模一样,可那是假冒的!中村,别人意啊!跑出去的家伙就是那个可恶的四十面相，快抓住他！我的话，你听明白了吗？"

门外走廊上，什么回音也没有，还是一片宁静。

明智大侦探越发感到奇怪，转眼间又着急起来。走廊上有那么多的警察，理应传来抓获四十面相或者四十面相拼命挣脱的声音，可走廊上却鸦雀无声，什么声音也没有。

几乎是在同一时间里，中村警部带两个警察从撞坏的门缝里闯到了房间里。

房间里有一张桌子、几把椅子和一个竖立在角落的玻璃橱柜。房间里的摆设十分简单，根本没有可以藏身的地方。

他们在房间里搜索了好几个来回，连一个人影也没有见着。

突然，电灯熄灭了，房间里变得一片漆黑。

"呀！怎么停电了？"

走廊上传来警察的喊叫声，走廊上的灯也熄灭了。房间里、走廊上，顿时陷入了你看不见我我看不见你的黑暗之中。

就在这个时候，房间角落的天花板附近出现了一个荧光闪闪的东西。

圆圆的，与人的脑袋差不多大小，脑袋中间有三个红色的圆孔，经过仔细观察，原来是两只眼睛和一个嘴巴。

那两道红色的光，紧盯着警察们。瞧那张连着耳朵根部的大嘴巴里，也是红色的，仿佛正在喷火。

"呀！那是夜光人！"

一个警察用颤抖的声音喊道。

"嘿嘿嘿……"

一阵毛骨悚然的笑声在房间里回荡。

是夜光人在笑！

"你们不要害怕，快举枪射击！"

站在黑暗里的中村警部大声命令道。

两个警察的枪响了，飞出两道红红的火光，正在空中游荡的荧光脑袋剧烈地摇晃起来。荧光脑袋被子弹命中了！

可受伤的荧光脑袋似乎并不在乎，丝毫没有狼狈逃窜的迹象。

"嘿嘿嘿……"

荧光脑袋继续发出尖叫声，紧接着发起了冲锋，向警察们猛扑过去。

砰！子弹又拽着红光向目标飞去，可对手依然我行我素，一边猛扑一边不停地奸笑。

警察们如梦初醒，恍然大悟。这怪物就是被无数的子弹射中，似乎也不会流血，莫非妖怪与人类不同，永远没有死亡的时候。

"谁带手电筒了？"

中村警部大声问道。

话音刚落，手电筒亮了，两道灯光不约而同地照向目标。

咦！荧光脑袋怎么不见了？

刚才还瞪着红眼睛神气活现的荧光脑袋，猛然间不知去向。

奇怪的现象，也许使读者不知所措。刚才是明智大侦探与四十面相同时消失，现在则是荧光脑袋不落不明。

不用说，荧光脑袋下边应该是身穿黑色衣裤

的人。可随着荧光脑袋的消失，身体部分也不翼而飞了！房间里没有窗户，只有唯一的房门，况且门外的走廊上还有许多警察把守，夜光人根本就无路可逃。

　　亲爱的读者，请思考一下，夜光人究竟是如何逃走的？

　　莫非这真是妖怪别墅？

明智上当

就在这个时候，电灯亮了。

警察借助明亮的灯光继续搜索，仍然没有找到丝毫线索。明智大侦探、四十面相、夜光人，先后在这间封闭的"密室"里消失了。

一会儿，走廊上传来警察们惊喜的叫声。

"啊，明智先生！"

中村警部和部下立即转身，向门外的走廊跑去。

此刻，大侦探明智小五郎正慢悠悠地向警察们走来。

警察们主动让道，明智大侦探笑而不语。

"明智，你上哪里去了？怎么这么长时间没有见着你？你是怎么离开这个房间的？"

中村警部上前迎接，不可思议地向明智大侦探提问。

"说实在的，我上当了。我现在清楚了，天底下懂得这种奇术的只有四十面相。"

明智大侦探仿佛梦中惊醒似的。

"什么？你是说四十面相？他在哪里？"

警长瞪大了眼睛。

"噢，对了，我还没有向你说呢，那个化装成我并且盗走白玉佛像的盗贼，其实就是怪盗四十面相。这天底下只有四十面相才能化装成我这般模样。"

"照这么说，这一回也是四十面相布下的迷魂阵，这家伙又在为非作歹，骚扰大众。明智，你抓住他了吗？"

"没有，这家伙像泥鳅一样逃走了。他说他有突围的绝招，可我万万没料到他还真有这么一招，简直是鬼斧神工，聪明绝顶！"

"他逃走了？向哪里逃走的？快说呀，我们这就去追他。"

"不行，现在已经来不及了。不过，我事先也准备了对付他的绝招，要不了多久，抓获他的捷报就会传来。

"在此之前，我让大家知道一下这房间的秘密，告诉大家我和四十面相到底是怎么从房间里消失的。"

明智大侦探说完，独自走到房间里，把撞坏的房门恢复到原来的模样，堵住门口。

"三分钟过后，请中村警部开门。开门之前，请大家都站在走廊上等着。现在，我就来解开四十面相在这个房间里设置的秘密机关。"

明智大侦探关上房门，并挡住了警察们的视线。

中村警部满脸困惑，低着头盯着手腕上的表，等待着揭秘时刻的到来。

短短的三分钟时间，仿佛漫长的三个小时，好不容易熬过了，大家上前推开房门。咦！房间里空无一人，明智大侦探也销声匿迹了。

"明智，你躲在哪里？喂，明智，快出来……"
中村大声吼叫着。

"喂，中村，你是要我出来吗？那好，你们统统到走廊上去，然后把门关上，三分钟过后，再请你推开房门。"

明智大侦探一连重复了两遍，中村警部总算明白了。

中村警部沿着房间四周的内墙壁，一边用拳头敲打，一边竖起耳朵听声音，明智大侦探似乎没有躲在墙里。

中村无可奈何，只得按照明智大侦探的吩咐，示意进入房间的警察们走出去。他随手关紧房门并站在走廊上，紧盯着手表上正在转动的分针。

三分钟过去了，中村警部又推开房门。

"哈哈哈……怎么样？房间里的秘密，你该明白了吧。"

明智大侦探站在房间里歪着脑袋笑着问道。

中村警部只是叫了一声，双唇紧闭，半晌没有说话。

"我还是不明白，这到底是怎么回事？你就快说吧。"

　　"好，我说。这种奇术只有四十面相才想得出，这秘密是……"

活动房间

"与其用嘴解释，倒不如示范一遍给你们看。这一回别关上房门，只有这样你们才可以看清楚魔术变化的整个过程。"

明智大侦探满脸笑容地走到房间的墙边，用脚猛踩了一下地面。那里好像有什么秘密开关，霎时，整个房间缓缓下降。转眼间，二楼房间出现在大家的眼前，而刚才的一楼房间下降到地下室。

也就是说，一楼房间与二楼房间变成了电梯房。刚才的一楼房间，此刻不仅是电梯房，还是地下室。刚才的二楼房间，则取代了一楼房间。

过了一会儿，二楼房间上升恢复到原来在二楼的位置。一楼房间离开地下室，恢复到原来在一楼的位置。

"原来如此。上下房间整体成了电梯房，二楼、一楼与地下室的位置则变成了电梯升降通道。

中村警部感叹不已。

"那四十面相是怎么逃走的？"

"是啊。我做梦也没有想到，这房间居然成了地下室。当时他开门窜到走廊上，我还以为门外有警察在，也就没有上前追赶。

"然而，奇迹发生了，房间变成了地下室，门外的走廊上居然没有一个警察，就这样四十面相消失在地底下的黑暗里。"

"别墅周围有很多警察，他要逃走也是枉费心机。"

中村警部满不在乎地说道。

"警察大概都在围墙内布控吧？糟了！地下出入口是在围墙外边，说不定距离围墙很远。"

"那地下出入口会通向围墙外的什么地方？"

"你想想看，要不是通向围墙外边，他早就被你们抓获了。

"好在我也准备了一招，那就是小林事先已经隐藏在围墙周围的大片草地里。他带着流浪儿别动队，埋伏很长一段时间了。

"一旦发现可疑的人，他们就会悄悄地跟踪直到弄清贼巢的地点为止。现在，我正等着他们的报告呢！"

大侦探胸有成竹地说道。

"噢，佩服，佩服，我们应该好好感谢你才对。我深信他们是不会让四十面相从眼皮子底下溜走的。他们不仅能顺利追踪四十面相，而且还能顺利完成任务。然而，我还是有一些不明白的地方。

"刚才我们破门而入的一刹那间，电灯突然熄灭了。当时，只见夜光人的荧光脑袋在天花板下游荡，等到我们用手电筒对准他的时候，却不见了。

"按理说，荧光脑袋应该从门口逃走，可走廊上有那么多警察，就是插翅也逃不走呀！此外，这房间除了房门外，不再有其它可以逃走的地方。

"当时，我在房间里反反复复地找了大半天，连一丝缝隙都没有找到。明智，这个问题你能解答吗？"

中村警部话音刚落，只见明智大侦探抬头环视着天花板。片刻后，他似乎发现了什么，微笑着向中村招了招手。

"瞧，你抬头看看那里，那里有一个直径二厘米的圆孔，夜光人就是从那里窜出，再从那里返回的。"

"这圆孔这么小，人怎么能自由进出呢？"

中村警部半信半疑，惊讶不已。

"人虽不能进出，但尼龙气球是可以进出的。四十面相曾经扮演过青铜魔人，从那以后就一直有使用气球的怪癖。这一回，他也肯定使用了这一怪招。

"他用尼龙制作气球脑袋，趴在天花板夹层里拉气球。不用说，那气球的表面涂有荧光颜料，眼睛里和嘴里分别装有红色小灯泡。黑色的电线一头连接着天花板夹层里的干电池，一头则从天花板上的圆孔伸出并连接着小灯泡。

"要使气球消失，也很简单。只要放掉里面的气体，随后将干瘪的气球从圆孔抽回即可。当时，一定有四十面相的部下藏在天花板上，拉动夜光人的气球脑袋。

"四十面相喜好这种离奇的手法，经常想出这些出人意料的魔术来骚扰大众，真是个古怪的家伙！"

白发老人

　　别墅围墙外的草丛里，埋伏着小林芳雄与流浪儿别动队的四个队员。

　　这是因为他们在那里发现了地下出入口。草丛里有一个黑黑的洞口，平时有大石板压在上面。可今天，大石块被丢在了一边，洞口怎么露出来了？答案是，四十面相打算从这里逃之夭夭。

　　小林用手电筒照亮了洞里，发现有一长溜的石台阶向下延伸，十分陡峭，这是地下出入口。

　　他关闭手电筒，与流浪儿别动队的四个队员埋伏在洞边的草丛里。

这一带非常冷清，根本看不见商业街上五颜六色的霓虹灯光，就连汽车的引擎声也难以传到这里。

大家长时间埋伏在草丛里，任凭各种小虫子在身上乱爬。忽然，他们兴奋起来，洞口冒出一个人来。

原以为是四十面相，可洞里爬出的是一个上了年纪的老人。他使劲撑着拐杖慢慢地站起身来，而后轻轻地拍打着身上的尘土。

少年侦探们已经习惯了在黑暗里观察，老人的身影在星光下依稀可见。满头银发，乱蓬蓬的银须垂在胸前。老人身着西装，手挂着拐杖，腰背呈九十度弯曲。

"哈哈……四十面相这家伙，打算化装成驼背老人溜走。"

小林想到这里，向四个队员发出信号，示意跟踪。

白发老人在草地上行走，步履蹒跚，可根据驼背老人的外表，步子应该更慢一些才对。

走出草地，前面是工厂的混凝土围墙。没有路灯，也几乎没有其它光线。

白发老人沿着昏暗的人行道，慢慢地向前走着，当来到转弯的地方，他猛地转过脸察看身后的情况。

小林和伙伴们是身体贴着围墙跟踪的，按理不会被老人察觉。小林确实是这样想的。可天黑得伸手不见五指，心里难免有点发怵，见老人转过脸来，他们更加手足无措了，身体与围墙贴得更紧了。

白发老人紧盯着后面，嘴里不知说了些什么。

"嘿嘿嘿……"

一阵冷笑后，老人继续向前走着。

从他那神情来看，好像察觉到了什么。从白发老人的冷笑声中，他也许已经察觉到身后有人跟踪。

不过，他们眼下不能停止跟踪，不能半途而废。他们没有泄气，反而打起了精神继续跟踪。

走完工厂的围墙，前面是神社森林。老人径直向树林里走去，少年侦探们也紧随其后。

老人穿过神社牌坊又向前走了一会儿，来到神社门前。那里的石台阶上，趴着一对凶猛的石雕狮子。

白发老人经过神社门前，向神社后面的树林深处走去。少年侦探们越发紧张起来，可撤退是万万不可的。

"嘿嘿嘿……站在那里的是小林吧？身后的那些少年是流浪儿别动队的吧？我真佩服你们，这么黑的夜晚也敢跟踪我。你们的眼力还真够厉害的，居然能找到地下出入口。

"你们大概已经知道我是谁了吧？如果还不清楚，我现在就让你们看个明白！瞧，这就是我的真相。"

霎时，老人的身体猛地闪开，并躲到树干的后面，同时树的后面升腾起荧光闪闪的东西。

夜光人的荧光脑袋。

荧光脑袋上有一对硕大的红眼睛和一张嘴巴，这可怕的模样，令人不寒而栗。

怪人翱翔

　　荧光脑袋眨着红红的眼睛，张开火红的嘴巴，在树林里到处飞舞，嘴里还不停地尖叫。

　　"我骗过了明智，又骗过了众多的警察。现在，我又把你们这些少年吓得心惊肉跳。我原以为地下出入口的周围埋伏着警察，特地精心准备了一套大魔法，打算把他们吓得魂飞魄散，丢盔弃甲。可惜埋伏在那里的，竟是你们这些乳臭未干的小子。

　　"就凭你们这些流浪儿，根本就不应该站在我的面前。可你们既然来了，我总不能让你们空手而归吧！现在，我就让你们看看什么是真正的魔法。

你们回去后，可别忘了把这里的所见所闻报告给你们的先生——明智大侦探哟！"

荧光脑袋发出奇怪的嘶哑声，啰嗦地说了一大堆。荧光脑袋又在树林的缝隙里飞来舞去。忽然，荧光脑袋飘到树林中最粗的大树前，他先露出胸部，继而露出腹部、腰部、大腿。最后，现出脚丫子。渐渐地，夜光人露出了荧光闪闪的全身。

即便知道夜光人脱去了黑色紧身衣裤，但随着荧光身体的出现，少年侦探们的心里有一股说不出的滋味。是恐惧？还是厌恶？似乎都有。他们恨不能赶快离开这里，离得越远越好。

夜光人叉开双腿站在大树底下。

"喂，小林，你最好看得再仔细一点，我现在表演的究竟是什么奇术，当然你看了这一切，可别忘了向明智如实汇报哟。

"我虽然马上就要离开这里，可不久又会出现在你们面前的。我还要继续收集文物、珠宝以及工艺品，这是我最大嗜好。在我的收藏室内，只要收藏品没有达到一定的规模，我是不会善罢甘休、洗

143

手不干的。

"我这个决心，即便海枯石烂也不可能动摇，也请你别忘了报告明智。到那时，我再与他以及你们进行一番较量。"

夜光人一边说一边敏捷地向树上爬去。

这一切像以往那样，沿着事先从树梢上垂下来的绳索向上爬去。不过，少年侦探们虽说明白这一秘密，但随着荧光闪闪的男子在黑暗里爬行，总有那么几分难以言喻的感觉。

终于，夜光人爬到了树顶，他像以往一样，在树梢上穿起黑色衣裤，头戴黑色蒙面套，随后便消失在茫茫的夜色里。

虽说消失在夜空里，可今天却与往常不同。

很长时间过去了，可荧光闪闪的身影始终"原地踏步"，不仅没有消失，还出现了奇怪的现象。

奇怪的声音由远而近，好像是从树梢传出的。

"在飞，在飞……"

一个流浪儿别动队队员大声喊叫。

夜光人确实在飞。夜光人离开树梢后，向天上飞去。

夜空里，夜光人不断向上飞，宛如童话里的梦幻世界。

夜光人没有翅膀，却能飞向天空，其中必有秘密。

亲爱的读者，你还记得宇宙怪人吗？

二十面相曾使用带有螺旋桨的飞行器，化装成宇宙人。飞行器上装有小型发动机，只要挎在背上，人就可飞行一定的距离。发明飞行器的是一个法国的科学家。二十面相从法国买来飞行器，在东京市里为非作歹。

说不定夜光人又是故伎重演，事先把飞行器藏在树梢上，而后系在背上飞向空中。不管怎么说，夜光人扭动身躯向星空飞行的模样，着实为夜空构筑了一道亮丽的风景线。

夜光人的身影渐渐变小，最后消失在繁星点点的天空里。

小林和流浪儿别动队的队员们，仿佛进入梦境似的。夜光人变得比星星还要小，却非常醒目。即便他已经消失在星星之间，而少年侦探们仍然傻乎乎地站着，满脸无可奈何的表情。

不能再这样待下去了，小林终于回过神来，催促伙伴们赶快返回四十面相的别墅。

别墅里，明智大侦探和中村警部正满怀信心地等着他们的回音呢。

"啊呀，小林，没有发现那家伙吗？"

明智大侦探问道。

"情况是这样的，后面空地的草丛里，有地下出入口。那家伙化装成白发老人从那里出来，我们就一直跟踪着。不料，在神社树林里让他逃走了。

"那家伙先爬到树梢上，随后飞向天空，与宇宙怪人的逃走形式如出一辙，没有什么区别。我们默默地目送着他逃向天空，而后返回了。"

"任务完成得很好，你们提供的情报很有价值。辛苦你们了！那家伙大概想诱我去树林里，让我欣赏他的飞行技术。这家伙活像个演员，时时刻刻想表现自己。"

水池怪物

两三年前，有个法国科学家发明了这种自带螺旋桨的单人飞行器。该新闻见报后不久，四十面相便化装成宇宙怪人，身背相同的飞行器多次飞向天空。

这一回逃走，无疑又是螺旋桨飞行器在作怪。化装成夜光人的四十面相，爬上树梢后背上事先藏在那里的飞行器飞向天空。

就这样，夜光人又溜之大吉了。

十天后的一个晚上，夜光人出现在上山别墅里。上山先生是一个腰缠万贯的大款，方圆百里无人不知。他有一个叫上山一郎的独生子，在附近小学读六年级。

一郎机智勇敢，也加入了少年侦探团。

那天晚上，一郎正在二楼的书房里做作业，无意中向窗外的院子看了一眼。忽然，他发现有一个荧光闪闪的物体在树林里飞来飞去。

"可能是谁拿着手电筒在院子里走路吧。"

一郎鼓起勇气走出房间，走下楼梯，向院子里走去。

他走到树林里，却没能查出荧光究竟来自哪里。

他站在黑暗里竖起耳朵，却没有听到可疑的声音。

"咦，那是什么？"

树林前面有一个小水池，水面泛出银色的光芒。

一郎见状，便快步向那里走去。

水池里好像漂浮着一个闪闪发亮的物体。

他弯下腰跪在岸边，观察水里的情况。突然，他的脸色变得铁青，全身也颤抖起来，心也在剧烈跳动起来。

水池的池底躺着一个荧光闪闪的夜光人，突然夜光人在水里侧过脸，两眼紧盯着一郎。

啊啊，就是这张让人毛骨悚然的脸！

红红的眼睛瞪得又圆又大，上下直径大约三厘米。这对令人不寒而栗的眼睛，在水里紧盯着一郎。

"啊，是夜光人！"

一郎脱口喊道，同时拔腿就向家里狂奔。

"爸爸，不好了！夜光人在咱家院子里的水池里。"

一听说是夜光人，爸爸吃了一惊，赶紧带着秘书去水池核实。

他们一边打着手电筒，一边沿着水池边转来转去，就是没有发现夜光人的踪影。

夜光人若躺在水池里是很难隐藏身上的荧光的，按理一眼就能发现啊。

爸爸和秘书在树林里继续寻找，结果什么可疑的痕迹也没有找到。

"一郎，你是少年侦探团的团员，脑子里一直装着夜光人，是不是在不知不觉中产生了幻觉。我劝你呀，最好别再模仿侦探了，弄不好还会闹出什么乱子来。"

爸爸说完，狠狠瞪了一郎一眼。

怪事，怎么会是幻觉呢，分明是自己亲眼看到的，绝不可能是爸爸所说的幻觉。那个夜光人在清澈的水里慢悠悠地晃动，眼睛和嘴都是红色的。

一郎难以忘记水池里的那一幕，当天晚上他做了一个梦，梦见夜光人那奇怪的表情。他起床后，只要一闭上眼睛，眼前就会浮现那个夜光人的身影。

第二天，天空乌云密布，天色暗淡。

一郎从学校归来，走到爸爸的书房里。爸爸站在桌子前，双眉紧锁，目光紧盯着壁炉。爸爸的书房里虽窗户很小，光线也很暗，但非常宽敞。

一郎也不由得将视线转向壁炉，今天爸爸没有生火取暖，可壁炉的炉膛里却悬挂着圆圆的荧光物体。

荧光物体中间闪烁着三道红色的光束。

这到底是什么玩意？

啊呀！这是夜光人！

一郎看着看着，终于想起来了。夜光人的脸倒栽葱似的悬挂在炉膛里，嘴巴向上，眼睛向下。

当看到夜光人在炉膛里时，他们呆呆地站立在壁炉前，就像两个橱窗模特儿。

此刻，他们的目光犹如被磁铁吸住似的，紧盯着怪物。

突然，怪物飞向烟囱，消失了。

"果然像一郎说的那样，这世上确实有夜光人，看来这家伙在打我家的主意。"

爸爸说完，目不转睛地看着一郎的脸。

"爸爸，我看还是委托明智先生全权处理此事吧，你看好吗？"

一郎是少年侦探团的团员，明智大侦探是他心目中的大英雄。

"好吧。我立即给明智先生打电话，请他来我家。当然，我也要报告警方。但在报警之前，最好先跟明智先生商量一下。"

爸爸走到电话机旁，拨通了明智侦探事务所的电话。

"明智先生在家吗？"

"先生有事外出了，可能今天回家会很晚。"

"那你是谁呀？"

"我是明智大侦探的助手小林芳雄。"

"噢，是小林啊！我是上山，是上山一郎的爸爸。有一件急事需要跟贵所商量。明智先生外出，我想请你光临我家，行吗？你的英雄故事，我早就听说了，你是一位值得信赖的少年侦探，请务必光临我家。"

"请问，您到底有何贵干？"

"是关于夜光人……"

上山先生把嘴巴凑近电话听筒，压低着嗓音说道。

"什么？是夜光人？"

小林的语气里充满了惊讶。

"是的，他出现在我的家里，肯定是打我的古玩的主意。"

"好！我立即登门拜访，请告诉我详细的地址。"

上山先生告知了小林详细的地址。

"听说，流浪儿别动队里有一个叫口袋小和尚的少年侦探。你如果能请他一起来就更好了，我很想见见那个机灵的少年侦探。"

"啊，你是说口袋小和尚吗？好的，我一定带他来，他可是我的得力助手呀。"

小林自豪地说。

枯井隧道

　　一个小时之后，上山先生的书房里坐着上山先生、小林、口袋小和尚和一郎四个人。

　　大家正在屋子里召开会议，书房的窗户紧闭，门两侧也上了锁，秘书手持棍棒在壁炉前站岗。

　　"我想先让你们看一下夜光人想要的宝物，那宝物在我的保险柜里。现在我去把它取来，请大家稍等片刻。"

　　上山先生说完就站起身来，走到房间角落里的小型保险柜前，用身体挡住了大家的视线。随后他转动密码锁打开了保险柜，从中取出用紫色绸布包裹着的小东西。

紫色绸布被打开后，露出了二十厘米左右的细长盒子。

"你们瞧，这就是我家的传世珍宝，从中国带来的。它是用纯翡翠组合而成的三重塔。"

说着，上山先生从桐木盒里取出三重塔竖在桌子上，让大家欣赏。

墨绿色的翡翠三重塔，高度仅十五厘米左右，十分漂亮。

"你们大概还不清楚它的价值吧，实话告诉你们，这三重塔的价值高达一亿日元。夜光人最初盗走了一尊古佛像，后又窃走了五尊白玉小佛像。

"这一次，他把目标对准了我的翡翠三重塔。这三件宝物都是日本价值连城的宝贝。"

上山先生解释完后，又把翡翠塔重新装入盒子里，用绸布小心翼翼地包好后放回了保险柜里。

"这保险柜的密码，只有我一个人知道，我想夜光人就是三头六臂，也打不开我的保险柜。"

上山先生返回自己的座位，充满自信地说道。

就在这个时候。

"啊！"

小林从椅子上站起来，两眼凝视着窗外。

大家的目光也不约而同地移向窗外。

这时，玻璃外侧倒挂着夜光人的荧光脑袋。

嘴巴向上，眼睛向下，从二楼倒挂在窗户前。这家伙只有荧光脑袋却没有身体。

"好，我用枪向脑袋射击。"

上山先生走到桌子旁，从抽屉里取出手枪瞄准了窗外的荧光脑袋，扣动了扳机。

子弹飞出枪膛，传出可怕的枪声。玻璃开裂，出现了一个不小的孔。荧光脑袋不见了，好像躲到了窗户玻璃上边的地方，并没有受什么伤。

房间里的四个人直愣愣地站在原地，没有一个人动弹。

就在这个时候。

外面传来一阵可疑的鸟叫声。

"呀！在那里！"

小林大声喊道。

院子里的树林里，荧光脑袋还在飞舞，脑袋下边或许连着身体，可脑袋下边被黑色衣裤遮得严严实实。

瞧他脸上的表情，似乎在示意大家。

"快，快到我这里来！"

他一边示意，一边在黑暗里慢悠悠地飘浮着。

"你狗胆包天，竟敢讥讽我。好，我一定要把你抓住，大家跟我一起上！"

上山先生突然打开窗户，冲到昏暗的院子里。他的手上还紧紧地握着那支黑乎乎的手枪呢！

小林、口袋小和尚、一郎以及秘书也跟着跳到窗外的院子里，跟在上山先生的身后猛追上去。

荧光脑袋一边狂笑，一边快速地逃离。

上山先生紧跟在荧光脑袋后面，三个少年和秘书也在拼命追赶。

大家在树林里快速奔跑，最终来到院子的尽头。那里是假山后面的草丛，草丛里有一口陈旧的枯井。

荧光脑袋在枯井上游荡了片刻，随后便沉到井底消失了。

"好啊，他钻到井底去了，这下他跑不了了！"

上山先生吼道，同时跑到枯井旁边向井底看去。

昏暗的井底，荧光脑袋还在晃动。

上山先生突然脱去上衣，露出贴身的衬衣。

"你们在这里等我，我下去把那个家伙抓上来。这口枯井内侧的墙壁是石块砌起来的，有踩脚的地方，我可以沿着石壁下到井底。"

上山先生说完，便消失在枯井里。

一郎大吃一惊，没想到自己的爸爸如此胆大，与平日里的爸爸简直判若两人。

"喂，井底有一条横向通道，那家伙沿着通道逃走了。一郎，快回家找一根绳索来，你们抓住绳索下到井底来看看吧。"

井底传来上山先生的声音。

"别去取绳子了，我带着少年侦探团专用的细绳梯了，我们马上就下来，请等一下。"

小林解开缠在腰上的细绳梯，把绳梯的铁钩挂在井座上，让绳梯悬挂在枯井里。绳梯每隔三十厘米有一根绳索做成的横档，那是用来踩脚的。

"我和口袋小和尚下去，一郎就别下去了。爬绳梯危险性大，你就等在这里吧，秘书先生也请你别走开。"

小林叮嘱完毕，就开始沿着绳梯向下爬去，口袋小和尚也跟着向下爬去。

小林下到干涸的井底时，上山先生已经钻到地下通道里去了。

"在这里，这是一条用石块建造的隧道。它是什么时候建成的，我竟然不知道，那家伙肯定向隧道里跑去了。我们快追上去，一定要抓住他，我身上带着手枪，不会遇到什么危险的，你们就跟着我吧！"

"好，我和口袋小和尚跟在你的身后，我们都带着手电筒了，我借一个给你，你拿着手电筒在前面走。"

小林说完，从口袋里取出侦探七道具之一的笔形手电筒，递给上山先生。

隧道渐渐宽敞起来，变成大人可以通过的宽度和高度。上山先生右手握着手枪，左手拿着手电筒，飞快地向隧道深处跑去。小林和口袋小和尚不敢松懈，也紧紧地跟随在后面。

口袋小和尚也掏出手电筒照亮前方的地面，周围虽朦朦胧胧的，但近处堆砌的石壁却看得十分清楚。

走完狭小的隧道，来到宽敞的洞窟，这里即便是站着向上伸手也触摸不到洞顶。

"真把我吓得不轻啊，我怎么也不会想到，这枯井底下竟然有这样四通八达的隧道。建造人到底是谁？为什么要建造这条隧道？"

枯井遇险

　　洞窟里别说人的影子，就连动物的影子也没有见着，更不知夜光人逃向何处。

　　上山先生和两个少年侦探挤在一起，站在隧道的出入口，忽然传来夜光人的声音。

　　"啊，在那里！"

　　上山先生压低着嗓音说道。

　　隧道深处闪现出夜光人的荧光脑袋。

　　荧光脑袋在空中飘荡，渐渐向这里飘来。

　　"那家伙是有身体、有胳膊、有腿的。可他穿着黑色衣裤，隐去了脑袋以下的部分。怎么样？我们一块冲过去把他摁倒在地上。"

上山先生带头冲在前头，小林和口袋小和尚紧随其后，他们向荧光脑袋猛扑上去。

"你们想干什么？想抓我？那你们就试试看吧！"

令人作呕的声音在洞窟里回荡。

突然，小林和口袋小和尚被夜光人推倒在地，腰部被什么东西重击了一下，说什么也爬不起来了。他们躺在地上，盯着荧光脑袋。

荧光脑袋又逃走了，与他们之间的距离越拉越远，紧接着夜光人脱去黑色衣裤，露出发光的肩部、胸部、腹部、腰部、大腿、小腿、脚丫子。至此，一身荧光的夜光人，在墨汁一般的洞窟里暴露无遗。

"没想到吧，这两个臭小子飞蛾扑火，终于钻入了我精心布置的口袋里。告诉你们奇迹马上就要出现了。不，不是奇迹，而是恐怖。你们可要瞪大眼睛，认真观赏哟！"

夜光人说完便在洞窟里窜来窜去。火红的眼

睛、火红的嘴巴和全身荧光的夜光人，一边嬉闹奔跑，一边喷吐火焰，仿佛精神病患者。

三个人避开歇斯底里的怪人，向洞窟的角落跑去。突然，小林脚下的地面迅速下沉，猛然间消失了。

"啊！"

小林大叫一声，随即掉入黑乎乎的陷阱里。原来，洞窟的角落里有一个三平方米大小的洞口，洞口下面是深度大约三米的陷阱。光溜溜的峭壁没有踏脚的地方，想顺着峭壁向上爬，似乎比登天还难。

奇怪的是，掉落到陷阱里的只是小林和口袋小和尚，而上山先生则安然无恙，还在上面的隧道里。

"上山先生，快救救我们，我们掉到陷阱里了！"

小林大声喊道。片刻后，上山先生的脸出现在洞口。

口袋小和尚用手电筒对准那张脸，可光线微弱，看上去模模糊糊的。

"你们上当受骗了！"

上山先生说的这番话令人费解。

"你说什么呀？我们没有听清楚，请大声说一遍！"

小林满脸困惑。

"我希望你们再好好地检查一下洞底，你们身边应该还有一个人，多半也四脚朝天地倒在地上。"

上山先生越说越奇怪，似乎得了精神错乱症。

"他在哪里？"

小林和口袋小和尚用手电筒照着洞底，仔细搜索着。

"咦，还真有一个人躺在这里呢！喂，你是干什么的？"

他们跑过去一看，是一个身着西装的男子。他全身被五花大绑起来，嘴巴里塞着一块大手巾。

"上山先生，他是谁？"

小林看着洞口问道。上山先生一阵冷笑，表情越发奇怪。

"你们只要拿下塞在他嘴里的手巾，就可以知道他是谁了。"

上山先生说的这番话、说话口吻以及态度，令两个少年侦探犹如丈二和尚摸不着头脑。

小林感到莫名其妙，可双手还是不由自主地按照"命令"拿下了手巾，口袋小和尚则用手电筒对准了他的脸。

"啊！"

小林不由得惊叫一声，站起来拔腿就跑。

小林大概是在做梦吧！

男子的脸，与上山先生长得一模一样。两个长相相同的上山先生，居然一个在陷阱里边，一个在陷阱外边，这世上难道真有这样的怪事！

小林站起身来喊道。

"上山先生，让我看看你的脸！"

站在洞口边上的上山先生答道。

"什么？你想看我的脸吗？好吧，你们最好仔细地看好。"

他一边说，一边把脸伸到洞口，小林则用灯光对准了那张脸。

"咦，你果然是上山先生，真不可思议！躺在这洞底的人，怎么这么像你呀？上山先生，你们简直像一对孪生兄弟。"

"小林、口袋小和尚，你们最好竖起耳朵听好了，上山先生根本就没有双胞胎的弟弟，也根本就没有双胞胎的哥哥。你们最好再认真辨别一下，谁是真上山谁是假上山？我给你们一个信息，也可以说是一块试金石。"

话音刚落，上山先生突然吹起了笛子。

笛声也许是信号吧，刚才在洞窟里跑来跑去的夜光人，转身向上山先生跑来。

夜光人与上山先生犹如久别重逢的老朋友，紧紧地拥抱在一起。

小林与口袋小和尚也抬起头，从洞底看着他们。

到底是怎么回事？上山先生和夜光人，怎么肩并着肩、脸贴着脸地俯视洞底呢？

"啊，明白了！你是……"

小林惊叫起来。

"倒在井底的是真上山先生！我是谁？你们现在该清楚了吧？"

上山先生讽刺了少年侦探。

"你是四十面相，那化装成夜光人的，肯定是你的部下。"

小林一语道破。

"嗯，不愧是大侦探的助手小林，居然有如此好眼力，不错，我就是四十面相。

"为窃走上山别墅里的翡翠三重塔，我取代了上山先生。这与窃走佛像的方法相同，化装成宝物的主人进行行窃，是最安全、最保险和最上乘的方法。"

化装成上山先生的四十面相，恬不知耻地自吹自擂起来。

"照这么说，翡翠三重塔已经被你……"

小林似乎明白了一切。

"那当然，翡翠三重塔早就成了我的囊中之物。刚才我是故意放回保险柜的，其实那玩意儿早已躺在我的口袋里了。

"我身上的衣服，与魔术师身上的完全相同，有许多秘密大口袋。"

竖立在他手掌上的翡翠三重塔，与刚才在书房里看到的完全相同，高度十五厘米左右，制作工艺十分精湛。

土瀑布

　　四十面相化装成上山先生，并制造了上山先生家宝物被盗的假象，而事实上宝物早已在他的手里。为保卫宝物，上山先生特地邀请小林加盟，可此时的上山先生早已不是真的上山先生，而是假扮成上山先生的四十面相。

　　那么，化装成上山先生的四十面相，为什么邀请小林和口袋小和尚一起过来呢？其实，这不是吓唬和讽刺他们，而是还有更可怕的阴谋。

　　建造地下陷阱的人是四十面相。在他过去的偷盗生涯中，始终有小林和口袋小和尚"伴随"和干预，以致他的偷盗计划多次前功尽弃。四十面相诱骗他们，莫非为了报仇？

扮演夜光人角色的，有时候是四十面相本人，有时候是其部下。今天化装成上山先生的是四十面相本人，而化装成夜光人的则是其部下。

小林瞟了四十面相一眼。

"喂，四十面相，你已经盗走了翡翠三重塔，可谓大功告成了，摆在你面前的唯一选择，就是溜之大吉。你非常清楚，只要我们少年侦探团存在一天，你的日子就不会好过。因此，你便采用诱骗的手段，把我们关押在这里。"

四十面相得意地笑了。

"哈哈哈……你说得太对了！虽说你们掉到了陷阱里，但只需开动一下脑筋，兴许能从这里逃出去，你们还是试一试吧，不过，逃跑也不是很容易的。

"在你们逃离这里之前，恐怖可能会一直陪伴着你们，嘻嘻嘻……"

说完，四十面相和夜光人同时从洞口消失了。

周围顿时鸦雀无声。

他们多半离开了隧道。

小林和口袋小和尚为倒在地上的上山先生解开绳索，并把他搀扶起来。

"谢谢，谢谢。请问，你们是怎么来到这里的？"

刚才，上山先生并未失去知觉，一直倾听着洞底与洞口之间的对话。然而，他还是不明白两个少年怎么会出现在这里的。

于是，小林一五一十地说了经过。四十面相冒充上山先生，打电话给明智侦探事务所诱骗明智先生。幸亏明智先生外出，由小林和口袋小和尚代替他赶到了现场。

"原来是这么回事呀，我明白了。那家伙化装成我并从保险柜里盗走翡翠三重塔，太可恶了！说不定，他现在已经逃之夭夭。我们不能待在这里，必须设法尽快离开这里。"

上山先生抬起头望了一下洞口，歪着脑袋思索起来。这个时候，在一旁的口袋小和尚想出了好主意。

"我有一个好主意，我们三个人只要搭成人梯，就可以逃离这里。小林踩在上山先生的肩膀上，我踩在小林的肩膀上并向洞口攀爬。

"这样，我的手就能够着洞口了。只要搭住洞口，我就可以跳到洞外，然后我趴在洞边把小林拽上去，最后我与小林一起放下绳索把上山先生拉上来。

"这样做，我们三个人都可以平安无事地逃出陷阱。怎么样？小林，我看只有这个办法是最好的。"

"这点子太妙了！"小林竖起大拇指夸奖，"好，就按你说的！上山先生，你沿墙脚蹲下，我踩在你的肩膀上，等到口袋小和尚踩在我肩膀上的时候，你再站起来。"

忽然，不知从哪里传来奇怪的响声，雨点般的东西掉落在他们三个人的脑袋和肩膀上。

有沙土，还有土块。

是塌方！大块的土疙瘩伴随着沙土掉落下来。

小林抬起头，打算弄清楚塌方的源头。可掉落的土，让小林连眼睛也睁不开。

拳头般的土疙瘩和砂粒般的沙土，犹如直泻而下的瀑布。

三个人龟缩在洞里，相互间抱成一团，以抵挡土块的袭击。

土疙瘩和沙土不停地从天而降，与此同时，不知从哪里传来揪心的冷笑声。

是夜光人在笑。如果夜光人在洞边，四十面相也肯定在隧道里。

不是自然塌方，而是人为的。歹徒们事先准备了大量的土疙瘩和沙土，只要按动秘密机关，土疙瘩和沙土就会铺天盖地地落到陷阱里，其目的是要活埋他们。

掉落在洞里的土渐渐隆起，洞底已经被完全淹没。洞底犹如沼泽地一般，只要脚踩上去就会陷入土里。不管土堆得多高，他们却不能把它作为垫脚石。很快，土已经埋到了膝盖。

"上山先生，快想办法！否则，我们会被活活埋在土里的。我看咱们还是按照刚才商定的人梯试一下。上山先生，你快蹲下来，让我踩上去。口袋小和尚，别急着踩我的肩膀！"

小林说完，双脚刚踩在上山先生的肩膀上，又是一阵土疙瘩从天而降。小林的脑袋和脸上，沾满了土。

眼下已经顾不上这么多了，必须尽快逃出去！他们一连试了几次，人梯还是没有组装成功。经过多次失败后，小林终于稳稳地踩到上山先生的肩膀上。

口袋小和尚顺着上山先生的背部爬到小林的肩膀上，而后费了好大的劲儿总算稳稳地踩在小林的肩膀上。口袋小和尚直起腰，手慢慢摸到了洞口。洞口也有土，手无法用力。

突然，口袋小和尚的手滑了一下。糟了！人梯摇晃起来，三个人倒在了松软的土堆上。大家的手上、脸上和身上全是土，仿佛成了三个泥人。

他们爬起来后又接连试了好几次，还是无济于事，不得不放弃这一办法。

此刻，土已经淹没了他们的腰部。

可"土瀑布"并没有就此罢休。

土堆慢慢淹了口袋小和尚的胸部，一会儿后到了口袋小和尚的嘴边。上山先生赶紧把口袋小和尚高高举起，并超过了自己的头顶。

土堆开始威胁小林了，从他的胸部上升到喉咙，继而上升到下巴。

上山先生左手抱起口袋小和尚，右手抱起小林，嘴里不停地给两个少年侦探打气。

"土瀑布"眼看就要淹没上山先生的脖子。

巨人与怪人

　　化装成上山先生的四十面相站在井边，一边观看，一边冷笑。小林芳雄和口袋小和尚痛苦不堪的表情，是他盼望已久的。

　　这座隧道是上山先生入住前的业主建造的，原本是防范空袭的防空洞，是利用枯井改建的。比起其它防空洞，这里隐藏性和安全性更高。

　　战争结束后，随着时间的推移，防空洞似乎从人们的记忆中消失了。

　　四十面相发现了它，并利用防空洞在社会上制造混乱。他在防空洞里设置了许多机关和暗道，用于对付警方和私家侦探。

此刻，四十面相正幸灾乐祸地看着苦苦挣扎的小林，还不时地鼓掌喝彩。忽然，夜光人的荧光脑袋向四十面相飘来。

"首领，快救救他们吧！要不然，这些人会憋死的呀！"

荧光脑袋飘到四十面相的耳边，窃窃私语。

"嗯，这倒也是。说实在的，我并没有打算让他们去死，我也不曾杀过人。现在，他们也尝到了我的厉害，我也算多少出了点气。好吧，今天就到此结束，你去把他们救上来吧！"

化装成夜光人的那个部下，也不知从哪里弄来的绳索，扔到了井里。随后，他把口袋小和尚、小林和上山先生一一拽了上来。三个人来到上面后，满身都是泥土，嘴里直喘着粗气。

"小林，口袋小和尚，这算是给你们的一点教训。否则，你们永远不知道天有多高地有多厚。当然，这也算是我给你们的见面礼吧。

"我是不会放你们回家的，我决定把你们软

禁在这里，引诱明智上钩。说实话，我正等着他来呢，我与他势不两立，不共戴天，我一定要抓住他。"

黑暗的隧道里，回荡起四十面相的叫嚷声。

"你说的那个明智大侦探，有可能已经来到隧道里了！"

有人在说话，可声音不知来自哪里。

"什么？你说什么？你再说一遍！明智大侦探到底怎么了？"

四十面相转过脸，惊奇地问道。

"我听说他已经来到洞里了。"

原来是荧光脑袋在说话。

四十面相察觉荧光脑袋在说话，不由地往后倒退一步。

"你说什么？你不是我的部下吗？你在胡说什么？"

"谁是你的部下，你的部下到底在哪里呀！

夜光人举起戴着黑手套的手，用手电筒对准了隧道的角落。

"怎么回事？"

只见一个身着黑色衣裤的男子坐在地上，背靠着墙。手脚被绳索绑得无法动弹，嘴里被大手巾塞得无法说话。不过，他的脑袋上还是戴着蒙面套。

"头上戴着黑色蒙面套，看不见他的荧光脸庞。可他确实是你的部下。但他嘴里塞上了东西，是不可能说出话来的。

"当你幸灾乐祸地看着他们三个人挣扎的时候，我化装成夜光人潜入隧道抓住了你的部下，随后取而代之。"

"听你说话的口气，好像是明智小五郎吧？"

"一点不错，在下是明智小五郎。"

"你怎么知道这里的？"

"枯井边上不是还有一郎和秘书吗？他们打电话到事务所通知我的。至于其它情况，小林已经在电话里向我报告了。对于你的情况，我早就了如指掌了。你化装成上山先生邀请我，接电话的小林说我不在事务所。其实，我们是蒙你的。当时我正在化装成夜光人，根本就没有离开过事务所。

"我知道夜光人是怎么回事。例如在脸上抹上荧光颜料，在眼镜片后面安装红色小灯泡，在嘴里含着红色小灯泡，所谓的荧光脑袋就做成了。这种制作方法太简单了，为出其不意地把你抓住，我一直等待着机会。"

四十面相的手电筒突然亮了，照在明智大侦探的荧光脑袋上，而明智大侦探的手电筒，也正对着四十面相。

明智大侦探全身是黑色的，只有脑袋是荧光的，而四十面相的打扮是假上山先生，装束与真上山先生的穿戴完全相同。

巨人和怪人化装成不同的模样，在隧道里不期而遇，相互怒视着。

僵持了大约两分钟时间，四十面相开口说话了。

"你想抓我吗？"

"那还用说，其实你已经被抓住了。"

"你说什么？被谁？难道被你吗？"

"你自己看呀！"

四十面相忙转过身，完了！后面是五个威风凛凛的警察，五支手枪正指着自己。

"啊！"

四十面相惊叫一声，侧身向隧道深处跑去。

"追！快追！抓住他。"

五个警察的手电筒一起亮了，灯光紧跟着四十面相的背影。

"哈哈哈……"

四十面相的狂笑声在隧道里回荡，他一边跑，一边歇斯底里地狂笑。

四十面相的笑声，预示他可能藏有绝招。

警察受阻

　　四十面相在警察们地追逐下，飞快地向前奔跑。前面出现了一个洞口，是煤矿那样的坑道，墙壁采用石块砌筑，支撑则采用了原木。

　　四十面相一边哈哈大笑，一边向坑道飞奔。看来，出入口不只是枯井里有，坑道里也有。

　　必须尽快抓住他！

　　五个警察紧跟在四十面相的身后，并向坑道里跑去。

　　坑道可以容纳两个人同时肩并肩地奔跑。

　　警察们挤在一起，追赶着四十面相。猛然间，四十面相的笑声从上面传来。

就在这个时候，警察们的头顶上发来奇怪的声音。刹那间，坑道顶上掉下一排铁栅栏，挡住了他们前进的路。

跑在前面的警察，差点被压在铁栅栏底下。幸亏他眼疾手快，敏捷地躲开了。

五个警察与四十面相之间，被结实的铁栅栏隔开了。警察们抓住铁栅栏往上拔，随后又使劲地前后摇晃，可它岿然不动。

身着衬衫、化装成上山先生的四十面相，站在铁栅栏对面，做着嘲笑警察的动作。

"哈哈哈……怎么样？我四十面相的绝招，你们领教了吧！我做了许多预防不测的准备，目的是不让你们抓住我。我看你们还是快些回到枯井那里去吧！再追我，说不定接下来的结果更可怕！"

警察不可能中途逃走的，他们打算与明智大侦探商量一下，可环视一下周围，没有明智大侦探的身影。此刻，化装成荧光脑袋的明智大侦探不知跑到哪里去了。

"哈哈哈……"

就在警察们犹豫不决的时候，四十面相的笑声似乎从高处飘来。这笑声也许是信号！猛然间，警察们的头顶上又响起了声音，又有一排铁栅栏落到地面上，落在警察们的身后。

警察们连忙转过身抓住铁栅栏使劲地晃动，却始终无法推倒这些铁栅栏。警察们被夹在两排铁栅栏中间，进退不能，犹如坑道里的牢房。

"哈哈哈……我刚才不是跟你们说了吗？要你们快些离开这里，可你们把我的话当耳旁风，硬要待在这里。这下可好，你们将永远待在这里了！哈哈哈……我可没有时间陪你们了，还有许多大事等着我去做呢！再见！"

四十面相说完，便消失在坑道深处。

自投罗网

坑道的尽头有石梯，向上走就可以到达地面。

石梯的顶端有一块两厘米厚的石板，只要把它顶起来，就可以来到地面。

该洞口不在上山先生的院子里，而是在上山先生别墅外边的空地里。空地东侧的角落里野草丛生，夹杂着一大堆矮树，防空洞的出入口就在那里，看起来十分隐藏。

身着衬衫的四十面相，顶起石板后爬到了草丛里。由于已经入夜，周围一片黑暗，四十面相没有打开手电筒，他担心灯光会引来警察。

他趴在地上，把石板恢复到原来的模样。他抬起头，打算站起身来逃走。忽然，蜘蛛网一般的东西罩在了他的脸上。四十面相伸手抓了一下，企图撕断蜘蛛网，可抓来抓去，蜘蛛网怎么也扯不断。他觉得奇怪，又用手触摸了一下。

　　那不是蜘蛛丝，而是渔网上的细绳。

　　他猛地站起身来刚走了两步，就被网绳绊倒在地上。

　　他再次站起身来，可奇怪的是网绳从四面八方围了过来，转眼间他的手脚被缠得无法动弹。

　　"四十面相，别再挣扎了，你已经被网住了！你有对付我的绝招，可我也有对付你的绝招。古人说，魔高一尺道高一丈。怎么样，这下尝到我的厉害了吧！"

　　这一回哈哈大笑的，不再是四十面相，而是其他人。四十面相大吃一惊，看着黑暗里的影子。

　　就在这个时候，前方的黑暗里，一颗荧光脑袋腾空跃起。

　　"啊，你是明智！"

四十面喊道。

"是的。我请警察们追你，而我则抢先赶到这里，找到这个防空洞的不只是你，还有我和少年侦探们。既然是防空洞，就不可能只有一个出入口。

"我通知流浪儿别动队侦查了周围，他们找到了这个出入口。流浪儿别动队的队员们，干这一行是最拿手的。果然，他们没有辜负我的期望，很快找到了这里。

"瞧！站在那里控制这张大网的，就是流浪儿别动队的队员们。这次参加围捕行动的，一共有八个人。他们太了不起了，竟然网住了赫赫有名的四十面相！"

明智大侦探伸出手，打开手电筒，于是控制大网的八个少年侦探在手电筒的灯光下一一亮相。明智大侦探将他们介绍给自投罗网的四十面相，有声有色地解释了他们各自的侦查长处和特点。

八个衣衫褴褛的少年紧紧地抓住大网的纲绳，他们的年龄大都在十一岁至十五岁。此刻，他们正瞪大眼睛嘲笑着四十面相。

"我上当了！"

四十面相吹胡子瞪眼地瞟了队员们一眼，一个劲地挣脱，企图破网突围。可渔网比刚才坑道里的铁栅栏还要结实，越挣脱越紧，身体仿佛被粗铁丝勒住似的。

"哈哈哈……没想到你这个怪人也有穷途末路的时候。你即便能够返回坑道，那里仍有五个警察等着你呢！

"就说我们这里吧，除八个少年侦探和我，还有小林、口袋小和尚和上山先生及其秘书。你就是有三头六臂，也休想从这里逃出半步。"

化装成夜光人的明智大侦探说完话，用手电筒向另外一个方向晃了几下。于是，灯光下出现了三个泥人，他们是上山先生、小林和口袋小和尚。

这个时候，被四十面相恢复成原样的石板被顶了起来，露出了头戴大檐帽的警察。

警察们在坑道里找到了控制铁栅栏的开关，打开开关后就迅速追了上来。他们相继爬出洞口，一发现可恶的四十面相被网住了，气不打一处来，扑上去与四十面相扭打起来。

一比五的格斗，终于使四十面相败下阵来。他呆呆地站在网里，并被戴上了亮铮铮的手铐。

四十面相被抓住了！

八个少年侦探一边欢呼，一边拽着大网旋转起来。明智大侦探松了一口气，警察们也松了一口气。

戴上手铐的四十面相在警察们的押送下，向停在上山别墅门前的警车走去。

全身沾满泥土的小林喜不自禁，愉快地目送着警车远去。神采飞扬的口袋小和尚则张开"泥嘴"，大声呼喊。

"明智先生万岁！小林万岁！少年侦探团万岁！流浪儿别动队万岁！"

少年侦探们异口同声，随声附和。"万岁"的呼声冲破九天，震撼云霄。

江户川乱步年谱

1894年　出生

本名平井太郎，10月21日出生于三重县名张市，为家中长子。父平井繁男，时任名贺郡官府书记员。母平井菊。

1897年　3岁

因父亲工作调动，举家搬迁至名古屋市。

1901年　7岁

4月，进入名古屋市白川寻常小学就读。

1903年　9岁

《大阪每日新闻》连载菊池幽芳的《秘密中的秘密》，母亲每晚都会念给他听，从此对侦探故事萌生了极大兴趣。

1905年　11岁

4月，进入市立第三高等小学。协助父亲采用胶版誊写版印刷和发行少年杂志。二年级时喜欢上了押川春浪的武侠冒险小说。

1907年　13岁

4月，升入爱知县立第五初级中学。读到黑岩泪香的《岩窟王》，印象特别深刻。

1908年　14岁

其父开设平井商店，主营进口机械的贸易销售，兼营外国保险代理和煤炭销售业务，并采购全套铅字，印刷和发行《中央少年》杂志。秋天，开始在学校附近租借宿舍，独立生活。

1910年　16岁

与要好同学坐船到中国的东北地区旅行。

1912年　18岁

3月，初中毕业。因喜欢出版事业，与同学到处奔走、筹备。6月，其父开设的平井商店破产倒闭。由于失去了学费来源，没有继续上高中。随父亲坐船到朝鲜马山，从事垦荒和测量工作。8月，只身赴东京勤工俭学，以优异成绩考入早稻田大学预备班，白天上学，晚上寄宿在东京都本乡汤岛天神町的云山印刷厂，逢休息日打工。12月，迁到春日町借宿，业余时间靠誊写挣钱。

1913年　19岁

春，与祖母在东京牛込喜久井町生活，重读黑岩泪香等著名作家写的侦探小说。曾计划印刷和发行《少年新闻报》。8月，预备班毕业，考入早稻田大学经济学专业学习。

1914年　20岁

春，与同学创办《白虹》杂志，利用业余时间阅读爱伦·坡、柯南·道尔等英国作家的短篇侦探小说。为了阅读侦探小说，辗转于各大图书馆，所做的笔记装订成册，称为《奇谈》。

1915年　21岁

其父回国供职于某保险公司，在牛込与全家一起生活。继续阅读外国侦探小说，并悉心研究"暗号通讯文书"的由来、规则和特点。

1916年　22岁

8月，毕业于早稻田大学经济学专业，入职大阪府贸易商加藤洋行。

1917年　23岁

5月，从加藤洋行辞职，在伊东温泉开始阅读谷崎润一郎的作品《金色之死》，执笔撰写电影评论文章。11月，入职三重县鸟羽造船厂电机部，参与内部杂志《日和》的编辑。

1918年　24岁

4月，其父再赴朝鲜工作。与鸟羽造船厂的同事组织"鸟羽故事会"，在各剧场、小学巡回。冬，在坂手村小学结识村上隆子。

1919年　25岁

辞职到东京。2月，与两个弟弟在东京本乡驹込町经营一家旧书店"三人书房"。7月，在书店二层编辑《东京PACK》杂志。11月，开设中华面馆。同年，与村上隆子成婚。

1920年　26岁

2月，入职东京市政府社会局。10月，关闭旧书店，入职大阪时事新报社，担任记者，经常与井上胜喜谈论侦探小说，开始撰写《二钱铜币》。

1921年　27岁

3月，长子平井隆太郎诞生。4月，在东京担任日本工人俱乐部书记。

1922年　28岁

8月，辞职后回到大阪府外守口町的父亲家，与父亲一起生活。9月，《二钱铜币》《一张收据》完稿，正式向某杂志社投稿，但未被采用。不久，改投《新青年》杂志，经审定采用。12月，入职大桥律师事务所。

1923年　29岁

4月，《二钱铜币》在《新青年》刊载，小酒井不木博士长文推荐。7月，《一张收据》在《新青年》刊载，辞去大桥律师事务所工作，入职大阪每日新闻社广告部。

1924年　30岁

4月，关东大地震，全家迁回大阪。7月，在《新青年》发表《二废人》。10月，在《新青年》发表《双生儿》。11月底，离开大阪每日新闻社，成为职业作家。

1925年　31岁

1月，在《新青年》增刊发表《D坂杀人事件》，名侦探明智小五郎首次登场。到名古屋拜访小酒井不木。之后，到东京拜访森下雨村，结识《新青年》派作家。2月，在《新青年》发表《心理测验》。3月，在《新青年》发表《黑手组》。4月，在《新青年》发表《红色房间》，与春日野绿、西田政治、横沟正史等作家发起创建"侦探兴趣协会"。5月，在《新青年》发表《幽灵》。7月，在《新青年》发表《白日梦》《戒指》。8月，在《新青年》增刊发表《天花板上的散步者》。9

月，在《新青年》发表《一人两角》，在《苦乐》发表《人间椅子》；其父逝世。10月，成立"新兴大众文艺作家协会"。

1926年　32岁

发表侦探小说《噩梦塔》（直译名《幽鬼之塔》）等多篇作品。12月，在《朝日新闻》上连载《畸心人》（直译名《侏儒法师》）。

1927年　33岁

3月，停笔，与妻平井隆子开设"宿舍租借有限公司"。不久，独自外出旅行，到日本海沿岸、千叶县沿岸等地；10月，到京都、名古屋等地；11月，与小酒井不木、国枝史郎、长谷川伸和土师清二等人创建大众文艺民间合作组织"耽绮社"。

1928年　34岁

3月，出售早稻田大学附近的宿舍。4月，买下东京户塚町源兵卫一七九号的房屋。同年，发表《丑角师》（直译名《地狱丑角师》）。

1929年　35岁

1月，在《新青年》发表《噩梦》。6月，发表处女随笔《恶魔王》（直译名《恐怖的魔王》）。8月，在《讲谈俱乐部》连载《蜘蛛男》。

1930年 36岁

5月,改造社出版《孤岛之鬼》。7月,在《讲谈俱乐部》连载《魔术师》。9月,在《国王》连载《黄金假面》。10月,讲谈社出版《蜘蛛男》。

1931年 37岁

5月,平凡社出版《江户川乱步选集》13卷。同年,出版《迷重重》(直译名《钟塔的秘密》)、《暗黑星》和《邪与恶》(直译名《影男》)。

1932年 38岁

3月,停笔,带全家外出旅游,先后到过京都、奈良、近江等地。

1933年 39岁

1月,加入大槻宪二创建的"精神分析研究会",每月出席例会,并为该会《精神分析杂志》撰稿。4月,长子平井隆太郎升入大阪府立第五初中学校。同年,好友山本直一辞去博物馆工作,担任江户川乱步的助手。12月,在《国王》连载《红蝎子》(直译名《红妖虫》)。

1934年 40岁

发表《恐吓信》(直译名《魔术师》)、《黑天使》和《不归路》(直译名《死亡十字路》)。

1935年　41岁

1月，平凡社陆续出版《江户川乱步杰作选》12卷。6月，春秋社出版《人间豹》。9月，编写《日本侦探小说杰作集》，由春秋社出版，并发表长篇评论文章。

1936年　42岁

1月，在《讲谈俱乐部》连载《绿衣人》；在《少年俱乐部》连载《怪盗二十面相》。5月，春秋社出版评论集《鬼的话》。12月，讲谈社出版《怪盗二十面相》。

1937年　43岁

1月，在《讲谈俱乐部》连载《噩梦塔》（直译名《幽鬼之塔》），在《少年俱乐部》连载《少年侦探团》。战争爆发后，政府当局对于出版物的审查越来越严格，江户川乱步的所有小说被禁止出版发行，不得不停止撰写侦探小说。为了生活，江户川乱步借用别名为少年儿童撰写探险小说。后来，当局只允许江户川乱步撰写防谍反特小说，在杂志和报纸决定连载前，必须经过外交部、内务部、警视厅和宪兵机构的联合审查，达成一致意见后方可使用江户川乱步的名字刊登。由于公开抗议，被勒令停止写作，结果只写了一部小说。

1938年　44岁

1月，在《少年俱乐部》连载《妖怪博士》。3月，讲坛社出版《少年侦探团》。4月，新潮社出版《噩梦塔》。9月，新潮社出版《江户川乱步选集》10卷。

1939年　45岁

1月，在《讲谈俱乐部》连载《暗黑星》，在《少年俱乐部》连载《蒙面人》。2月，讲谈社出版《妖怪博士》。

1940年　46岁

2月，讲谈社出版《蒙面人》。7月，因心脏不适住院治疗。10月，与同人创立"大政翼赞会"。

1941年　47岁

7月，非凡阁出版《噩梦塔》。12月，任东京池袋丸山町防空会长。

1942年　48岁

任东京池袋北町会副会长，以"小松龙之介"的笔名连载《聪明的太郎》。

1943年　49岁

与著名作家井上良夫书信往来，交流对欧美侦探小说的看法。8月，开始连载科幻小说《伟大的梦》。11月，东京大学文学部在读的长子平井隆太郎被征召入伍，为其举行送别会。

1944年　50岁

出任行政监察随员助手，后在町会领导下开设军需品加工厂生产皮革制品。

1945年　51岁

4月，家属被疏散到福岛，自己则只身留在东京池袋，继续担任町会副会长。6月，因病被疏散到福岛。8月，在病床上听到裕仁天皇宣布无条件投降，平井隆太郎从土浦飞行队退役。11月，举家迁回池袋。

1946年　52岁

6月，倡议成立"侦探小说星期六研讨会"，每月开一次例会。

1947年　53岁

6月，"侦探小说星期六研讨会"更名"侦探作家俱乐部"，被选举为第一届主席。11月，到关西等地演讲，普及和推广侦探小说。没有新作问世，但旧作再版达31部。

1949年　55岁

1月，在《少年》连载《青铜怪人》。6月，再度当选侦探作家俱乐部会长。11月，光文社出版《青铜怪人》。

1950年　56岁

1月，在《少年》连载《虎牙》。3月，在《报知新闻》连载《断崖》，为战后首部短篇侦探小说。12月，光文社出版《虎牙》。

1951年　57岁

1月，在《趣味俱乐部》连载《恐怖的三角馆》，在《少年》连载《透明怪人》。5月，岩谷书店出版评论集《幻影城》。12月，光文社出版《透明怪人》。

1952年　58岁

1月，在《少年》连载《怪盗四十面相》。3月，评论集《幻影城》荣获侦探作家俱乐部授予的"第五届优秀侦探小说勋章"。7月，辞去侦探作家俱乐部会长一职，任名誉会长。12月，光文社出版《怪盗四十面相》。

1953年　59岁

1月，在《少年》连载《宇宙怪人》。12月，光文社出版《宇宙怪人》。

1954年　60岁

1月，在《少年》连载《塔上魔术师》。10月，日本侦探作家俱乐部、东京作家俱乐部和捕物作家俱乐部联合主办"江户川乱步六十大寿庆典"，会上正式设立"江户川乱步奖"。《别册宝石》第四十二期杂志作为

"江户川乱步六十周岁纪念特刊"，《侦探俱乐部》十二月号杂志也作为"乱步花甲纪念特刊"。著名作家中岛河太郎编纂和发行《江户川乱步花甲纪念文集》。11月，映阳堂出版《江户川乱步选集》10卷。12月，光文社出版《塔上魔术师》。

1955年　61岁

1月，在《趣味俱乐部》连载《影男》，在《少年》连载《海底魔术师》，在《少年俱乐部》连载《灰色巨人》。5月，举行首届"江户川乱步奖"颁奖仪式。11月，在三重县名张市举行"江户川乱步诞生地"树碑庆贺仪式。12月，光文社出版《海底魔术师》《灰色巨人》。

1956年　62岁

1月，在《少年》上连载《魔法博士》，在《少年俱乐部》上连载《黄金豹》。1月24日，"日本翻译家研究会"成立，出任研究会顾问。2月，出任"日本文艺家协会语言表述问题专业委员会"委员。4月，发表《英文翻译侦探小说短篇集》。8月，接任《宝石》杂志主编。11月，光文社出版《马戏团里的怪人》《魔法人偶》。

1957年　63岁

1月，在《少年》连载《夜光人》，在《少年俱乐

部》连载《奇面城的秘密》，在《少女俱乐部》连载
《塔上魔术师》。12月，光文社出版《夜光人》《奇面城
的秘密》《塔上魔术师》。

1959年　65岁

1月，在《少年》连载《假面具背后的恐怖王》。11
月，桃源社出版《欺诈师与空气男》，光文社出版《假
面具背后的恐怖王》。

1960年　66岁

1月，在《少年》连载《带电人M》。4月，出任东
都书房《日本侦探推理小说大集成》编辑委员。

1961年　67岁

4月，成为文艺家协会名誉会员。7月，出席"江户
川乱步从事侦探小说创作四十周年庆典"，桃源社出版
《侦探小说四十年》。10月，桃源社出版《江户川乱步
全集》18卷。11月3日，荣获日本政府颁发的"紫绶褒
勋章"。

1963年　69岁

1月，"日本侦探作家俱乐部"升格为社团法人"日
本推理作家协会"，被一致推选为第一届理事长。8月，
再次当选，坚辞不受，亲自提名松本清张接任第二届理
事长。

1965年　71岁

7月28日，突发脑出血逝世，戒名智胜院幻城乱步居士。获赠正五位勋三等瑞宝章。8月1日，在青山葬仪所举行日本推理作家协会葬，墓所位于多摩灵园。

译后记

我 1981 年 8 月考入宝钢翻译科从事翻译工作，1982 年初开始从事日本文学翻译，1983 年 2 月首次发表日本文学译作。四十余年来，我一直致力于中日民间文化交流，尤其是翻译了日本推理文学鼻祖江户川乱步的作品全集，由衷地感到欣慰和满足。

《江户川乱步全集》共 46 册，数百万言，历经数个寒暑才翻译完成。回首往事，第一天坐在桌案前写下第一行译文的情景仍历历在目。为了解江户川乱步的创作思想、创作背景和准确把握作品的神韵，除反复阅读其所有小说作品外，我还遍览《侦探推理文学四十年》《乱步公开的隐私》《幻影城主》《奇特的立意》和《海外侦探推理文学作家和作品》等乱步的随笔和评论集。并专程去了坐落在东京丰岛区池袋的江户川乱步故居考察，到日本国家图书馆查阅了有关江户川乱步的许多资料。

为了让更多的人了解江户川乱步，我在《新民晚报》先后发表了《江户川乱步，日本侦探推理文学的先驱》《日本的福尔摩斯》《江户川乱步的起步》《徜徉少年大侦探系列》《徜徉青年大侦探系列》，接受了腾讯视频、东方电视台、《上海翻译家报》、沪江网、日语界以及日本青森电视台、《东粤日报》、《朝日新闻》、《产经新闻》、《中日新闻》的相关采访。

鲁迅说："伟大的成绩和辛勤劳动是成正比的，有一分劳动就有一分收获。日积月累，从少到多，奇迹就可以创造出来。"我历经数年辛劳翻译的这版《江户川乱步全集》，2004年4月被乱步故里日本名张市政府收藏，2020年10月又被日本驻上海总领事馆收藏，并荣获国际亚太地区出版联合会

APPA翻译金奖，其中的"少年侦探团系列"荣获国家新闻出版总署优秀少儿图书三等奖。

江户川乱步可以说是日本推理文学的代名词，江户川乱步奖是推动日本推理文学作家辈出的巨大动力，《江户川乱步全集》是世界侦探推理文学的瑰宝。希望通过这套《江户川乱步全集》，可以让更多的读者共同享受推理文学的乐趣。

2021年元旦于上海虹桥东华美寓所

图书在版编目（CIP）数据

夜光人 /（日）江户川乱步著；叶荣鼎译. --济南：山东
画报出版社，2021.4（2023.3重印）
（江户川乱步全集·少年侦探团系列）
ISBN 978-7-5474-3876-3

Ⅰ.①夜… Ⅱ.①江… ②叶… Ⅲ.①儿童小说 – 侦探小说 –
日本 – 现代 Ⅳ.①I313.84

中国版本图书馆CIP数据核字（2021）第055698号

YEGUANGREN

夜光人

〔日〕江户川乱步 著　叶荣鼎 译

责任编辑　姜　辉
装帧设计　Pallaksch

出 版 人　李文波
主管单位　山东出版传媒股份有限公司
出版发行　山东画报出版社
　　　　社　　址　济南市市中区英雄山路189号B座　邮编 250002
　　　　电　　话　总编室（0531）82098472
　　　　　　　　　市场部（0531）82098479　82098476（传真）
　　　　网　　址　http://www.hbcbs.com.cn
　　　　电子信箱　hbcb@sdpress.com.cn
印　　刷　山东新华印务有限公司
规　　格　787毫米×1092毫米　1/32
　　　　　　　7印张　100千字
版　　次　2021年4月第1版
印　　次　2023年3月第2次印刷
书　　号　ISBN 978-7-5474-3876-3
定　　价　36.00元

如有印装质量问题，请与出版社总编室联系更换。